追放領主の孤島開拓記

Tuihouryoushu no
KotouKaitakuki

秘密のギフト【クラフトスキル】で世界一幸せな領地を目指します！

3

長尾 隆生
Takao Nagao

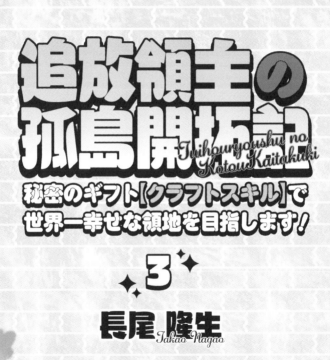

CONTENTS

【 プロローグ 】

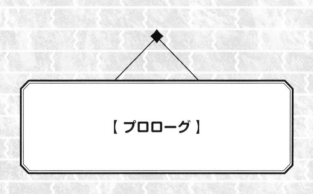

「聖獣様。どうかなさいましたか？」

ウデラウ村の広場で、空を見上げたまま佇んでいる聖獣様に私は思わずそう声をかけました。

最近は聖獣様が空や東の山脈を見つめていることが多くて気になっていたのです。

「ん？　ああ、少し気になることがあってな」

聖獣様はそう言うとブルルと鼻を鳴らして視線を私に向けます。

「案ずるでない」

私の顔に僅かに心配げな表情を見たのでしょう。

聖獣様は優しく私に笑いかけました。

「何があろうとも我が村の皆を守るからな」

今までずっと長い間、聖獣様はこの村と村人を守ってくれていました。

たとえ相手が、私たちが束になっても敵わないほどの魔物であっても、聖獣様にとっては敵ではなく。

だから私はその言葉を貰っただけで、僅かな不安も一瞬で消えてしまいました。

「それに今は我だけではなくレストたちもいるからな」

そうです。

今は私たちの領主様であるレスト様も私たちを守ってくれると言ってくれたのでした。

不思議な力であっという間に家を建て、不治の病だと思っていたスレイダ病の薬を作ってくれたあの方たちがいるのです。

私が不安に思うことは何もないではありませんか。

だけど。

「最近は空が綺麗ですね」

聖獣様が先ほどまで見上げていた空。

今までは常にうっすらと靄《もや》のようなものがかかっていたそれは、最近になって時々スッキリとした青空を覗かせるようになった。

真っ青な空と所々に浮かぶ白い雲はとても綺麗なのに何故だろう。

見上げていると言い知れない不安が心に浮かんでくるのです。

「うむ。綺麗な青空だ。お主たちは今まで見たことはなかったかもしれんが」

そう。

聖獣様の言うとおり私は生まれてから今まで、こんな澄んだ青空は見たことがなかった。

だからでしょうか。

それが今までの日常と違う何かの予兆なのではないかと思ってしまったのは。

「はい。空がこんなに綺麗だったなんて知りませんでした」

私はその不安を聖獣様に悟らせないように、精一杯の笑顔を作って応えます。

「夜も前に比べて星がよく見えますし」

「星か……」

聖獣様は私の言葉に何か思い当たることがあったようで。

西のほうへ顔を向けると言いました。

「あの塔が見えるか？」

「はい。たしかレスト様が造られたという塔でしたよね」

空が澄んで見えるようになったのは青空や雲だけではない。

遥か西方に森を突き抜け天を刺す高い塔も見えるようになっていました。

「あれはレストがこの村を探すために建てたらしいのだが」

「コリトコから聞きました。たしか『魔王の塔』とか――」

私がそこまで口にすると、突然聖獣様が笑い出しました。

「くっくっく。その名はコリトコが勝手につけた名だ」

「そうなのですか？」

「うむ。今のあの塔の名は『星見の塔』といってな。頂上に造られた展望室からは、それはそれは綺麗な星空を見ることができるのだそうだ」

星を見るための塔。

そんなものがこの世にあったなんて。

降り注ぐ陽の下で私は眩しさに目を細めながら塔を眺めます。

いつか私もあの塔に上れる日が来るのだろうか。

あの高い高い塔の上から見える星は、この村から見上げるものより美しく輝いて見えるのだろうか。

いつしか私の心はまだ見ぬ星空に埋め尽くされていて。

聖獣様がその時何を感じ、何から私たちを守ろうとしていたのかもわからずに。
私はただ夜空にきらめく星を思って青空を見上げたのでした。

【第一章】
本格的に開拓をはじめよう！

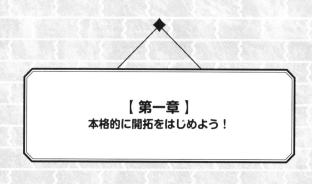

アグニの兄でありキエダの弟子である諜報担当のエル。

彼からの情報で、僕――レスト＝カイエルが赴任させられた辺境の孤島がとっくの昔にエンハンスド王国の領地でなくなっていたと知った数日後。

僕は家臣たちと拠点にいるみんなを招集して緊急会議を開くことにした。

集まったのはキエダとテリーヌたち家臣団。

そしてエストリアとヴァンのガウラウ帝国元皇族。

レッサーエルフ代表としてコリトコの父であるトアリウト。

最後にドワーフ代表のギルガスと僕の合計九人である。

「もうみんなも聞いていると思うけど」

みんなが席に着くのを待って、僕は話を始める。

「これからこの領地をどうしていくかについて話し合いたいと思う」

継母であるレリーザ＝ダインの策略。

そのおかげで現在僕たちは全員エンハンスド王国では行方不明扱いらしい。

エルの調査によると赴任地へ向かう途中、盗賊団か魔物に襲われたという方向で捜査が進んでいるという。

いや、捜査というのは建前で、実際には何も調べられていないらしいが。

「このままなら僕たちは全員死亡ということにされると思うんだ」

「あの御仁ならやるでしょうな。既にここまでのことをしておるわけですからな」

キエダが表情を歪めながら発言する。

彼は僕の母、エリザの専属執事をしていた頃からレリーザや、その手先たちと表だけでなく裏でも激しくやり合ってきた男だ。

思うところの多さは僕の比ではないに違いない。

「何を悩んでおる」

そんなキエダの横から野太い声が上がる。

ドワーフ族の移住者代表のギルガスだ。

彼は僕が持つ母の形見である懐中時計を祖父である当時のカイエル領領主からの依頼で作成。

それを切っ掛けに生活鍛冶師という新たな道に目覚めたドワーフである。

「この地が誰のものでもないというなら好都合ではないか」

「どういう意味ですか？」

「簡単なことだ。この地をお主の国にすればいい。それだけのことだろう」

何を当たり前のことを聞いているのかと言わんばかりにギルガスはあっさりとそう答える。

「この島で国を造れと？」

「他にどういう意味がある？」

たしかに僕の頭の中にその案がなかったわけじゃない。

だけど――

「この島の人口は全員合わせて百人もいないのに国なんて」

現在この島の住民は、僕が把握している範囲では四十人ほどしかいない。

そんな少人数で建国など可能なのだろうか。

「それの何が問題なのだ？」

ギルガスは心底理解できないという表情で立派な髭を撫でる。

「何がって……百人以下じゃあ国じゃなくて街――いや、村じゃないですか」

「ふむ。やはりお主は世界を知らないようだな」

ギルガスは『やれやれ』といった表情で首を振る。

「世の中には十人以下でも国を興した例は数多くあるのだぞ。なぁキエダ殿」

ギルガスから話を振られたキエダが「そんな例はありませんぞ」と応えてくれることを期待して僕は彼のほうへ視線を向ける。

「たしかにいくつもございますな」

しかし彼の口から出たのはその期待を裏切るものだった。

「私が冒険者として世界中を回っていた頃にもいくつかそのような小国へ立ち寄りましたぞ」

顎髭を擦りながらキエダは更に言葉を続ける。

「さすがに十人とまではいきませんが、二十人ほどの集落が国を名乗っていたこともありましたな」

「それって、もはや国じゃなくて村じゃない？」

二十人の国なんて成り立つとは思えない。

「周りから見ればそうでしょうが、彼らは彼らで立派に国を造ろうとしていました。次に訪れた時にはその国があった場所は何もない更地になっておりましたがな」

この島の調査団が撤退する切っ掛けとなった戦争。

その戦争を仕掛けたガルド帝国が滅んでから帝国はいくつもの小国に分裂した。

それ以来大陸北部では覇権争いが絶えず続く紛争地帯と化していた。

そこではギルガスやキエダの言うような小国が生まれては消えを繰り返しているらしい。

「昨日まであった国が翌日には消えてなくなっている。そんなことも日常茶飯事でしたぞ」

大陸北部の紛争地帯については学園でも学んではいた。

だけどエンハンスド王国という大国で生まれ育った僕にとって、それは教科書の中だけの物語でしかなかった。

「でも、それじゃあ僕が建国したとしてもすぐに潰されてしまうってことじゃないのか？」

「たしかにそうだな」

僕のぼやきにギルガスが笑いながら頷《うなず》く。

散々建国しろと言っておいてそれはないだろうと僕が憮然とすると。

「すまんすまん。しかし既にお主はこの島の国主であることを皆に宣言した後だろう？」

「えっ」

ギルガスの発言に驚きの声を上げる。

意味がわからない僕にキエダが、ギルガスが言ったことの意味を説明するために口を開いた。

「そもそもレスト様。エンハンスド王国という国自体、さまざまな領主が治める自治領が集まってできているのはご存じですな？」

「もちろん」

「王国内の領地は基本的に王の直轄地以外はそれぞれ自治が認められております」

キエダの言うことはダイン家やクレイジア学園で、貴族としての教育を受けてきた僕にはわかる。

たしかにエンハンスド王国は各地を治める領主の権限は強い。

それはエンハンスド王国という国が急激に拡大したことと関係している。

西大陸の三分の一を占めるまでになった王国の領地だが、その全てが戦争で手に入れた土地ではない。

特に南部の領地は、元々存在していたいくつかの小国が王国に帰順して無駄な争いをせず自治領として存続を望んだ結果生まれた自治領が多いのである。

「つまり領主というのは元々一国一城の主。レスト様が『領主』となられた時点で既にエルドバという領地の国主になられたも同義なのですぞ」

広大になりすぎた王国は、既に一国の王が全ての地を管理することは不可能になっていた。

特に王都から遠く離れた地であればなおさら直接統治することは大きな手間とリスクを伴う。

だからこそ王国は管理者のいないエルドバ島の領有を放棄せざるを得なかったのだろう。

「国主か。でも僕はやっぱり王様って柄じゃないと思うんだ」

「そうでしょうか？　レスト様なら立派な王になられると思いますよ」

僕の弱気な言葉にテリーヌが僅かに首を傾げてから言うと、その場にいた全員が頷く。

いつのまに僕はそんなに信頼されるようになったのだろうか。

それは嬉しくもあるが、同時にその期待に応えられるだろうかという不安も心に浮かぶ。

「それではこうしてはいかがでしょう」

そんな僕の顔色を読んでくれたのか。

エストリアが優しげな笑顔を浮かべて挙手をした。

「何かいい案でもあるのかい？」

「レスト様は『王』という言葉が自分には重すぎると思ってらっしゃるようですので」

「ああ。エストリアの言うとおり、急に王になれと言われても心の準備ができないんだ」

「でも貴族としてこの島の領主となって領民を守るという決意は前に示していただきました」

たしかに僕はエストリアたちにもレッサーエルフたちにもこの島の領主として、エルフやガウラウ帝国を相手にしてでも民を守ると決意した。

それに関しては今も変わっていない。

「でしたらレスト様が治めるこの国を【王国】ではなく【公国】にすればいいのです」

「公国……」

「はい。それならレスト様は王ではなく貴族のまま国の代表になるわけですから、今と変わらないでしょう？」

エストリアの提案に、その場に集まった皆は口々に騒ぎ出す。

「そうですな。それならレスト様は公爵……いや、大公に陞爵《しょうしゃく》ということになりますな」

「ふむ。つまり今後この地はカイエル公国となるわけだな」

王国と違い公国は貴族が国主となって治める国の総称である。

しかし決まった一族が国の実権を握っているという意味では同じ君主制とも言える。

つまりエストリアが言っていることはただの詭弁で。

そのことは、ある程度の教育を受けた者なら皆わかっているはずだ。

「これからはカイエル殿下とお呼びすればよろしいのかしら。それともレスト大公様かしら？」

「レスト様がレスト殿下に変わるだけ。何も問題はない」

「でんかー！　でんかー！」

だが何故だろう。

詭弁でしかないとわかっているのに、僕の心は先ほどまでと違ってずいぶん軽くなっている。

「我らレッサーエルフ一同は、今までと変わらずこの地に住めればそれでいい」

「レストが大公なら俺様は伯爵でも構わねぇぜ」

「ヴァン。調子に乗ってはいけませんよ。決めるのはあくまでレスト様なのですから」

しかし詭弁だとわかっていながら誰一人そのことを口にせず。

それどころか既に決まったことのように皆は楽しそうに未来を語り合っている。

そんな仲間たちの姿を見て僕は思い出した。

元々僕は貴族の柵《しがらみ》から逃げて、悠々自適な生活を送りたいと思っていた。

だけど決して僕一人だけで生きていけるとは考えてはいなかった。

信じる仲間たちとともに、追放された場所でその地の人々と楽しく暮らす。

それが、僕が望んだ未来だったはずだ。

あの継母のことだ。

きっと僕は王都から遠く離れた貧しい土地へ送り込まれるだろうと予想はしていたし。

クラフトスキルがあればそんな土地でもなんとかなると思っていた。

「でもまさか国外に追放されるなんて予想外だったけど」

僕は小さく呟く。

「だけど、そのおかげで手に入れたものがある」

この島の未来のために何が必要かを語り合う仲間たちの顔を一人ひとり見る。

誰も彼も楽しそうで、この先には明るい未来しかないと思っているような。

そんな眩しい光景をこの先もずっと守り続けたい。

「そのためには僕が迷ってるわけにはいかないな」

僕は覚悟を決めて皆に向けて口を開く。

「皆の気持ちはよくわかった」

僕は大きく息を吸い込むと、続けて仲間たちに向かって決意を込めた声で宣言する。

「僕はここに宣言する！　この島は今日、この日から『カイエル公国』の領地とし、国として改めて開拓を始める!!」

「よく言った！」

「どこまでもお供しますぞ」

「レスト様のために一生懸命お手伝いさせていただきます」

仲間たちの歓声と拍手の中。

僕は。

いや、僕たちは建国という大きな一歩を踏み出したのだった。

＊　＊　＊

タタッ。

タタッ。

「レスト様ぁ」

軽い足取りで駆けてくるファルシの背中でコリトコが大きく手を振る。

その後ろに座っているのはキエダだ。

拠点の開発方針を決めるために、彼には星見の塔の上から周囲の再確認を頼んであった。

だが星見の塔の上り下りには人の足では時間がかかる。

なのでファルシとコリトコにお願いしてキエダの送り迎えを頼んだわけである。

「戻りましたぞ」

僕の目の前でファルシが停まると、その背中からキエダとコリトコが軽い身のこなしで地面に降り立つ。

　コーカ鳥の乗り降りすらまともにできない自分とは大違いだ。

「ただいま」

「おかえり二人とも――それとファルシ、お疲れさん」

『ハッハッハッハッ』

　星見の塔は、僕が調子に乗ったせいでかなり高い建物となってしまった。

　なので上るのも下るのも一苦労なのだがファルシにとっては軽い運動程度らしい。

　と、コリトコが言っていた。

　たしかに目の前でハッハッと息をしているファルシは、それほど疲れているようには見えない。

「それじゃあコリトコはファルシと屋敷で休憩してきてくれ」

「えーっ。別にあっちもファルシも疲れてないよ」

『クゥーン』

　どうやら彼らはまだ何か手伝いをしてくれる気でいるようだ。

　だけど子どもというのは元気なように見えて突然エネルギー切れになることを僕は知っていた。

　なので早急に頼みたい仕事がない以上、ひと仕事追えた後は休んでもらうと決めている。

　しかしやる気満々のコリトコを無理矢理休ませるのは彼の気持ちをムゲにすることになる。

　というわけで僕は密かに準備していた隠し球を使うことにした。

「そういえばアグニが新しいお菓子の試食をしてほしいって言ってたぞ」

「えっ！　アグ姉のお菓子っ⁉」

突然目の色を変えるコリトコ。

仕事にはそれ相応の報酬が必要である。

そしてコリトコが一番喜びそうな報酬はアグニの作るお菓子なのを僕は知っていた。

「ファルシ用のお菓子も用意しているって言ってたぞ」

『わふんっ』

ファルシは僕の言葉に思いっきり尻尾を振り出すと、その鼻先でコリトコの背中を押し始めた。

言葉が通じているわけではないだろうが、僕の目線や口調で察したのだろう。

「わ、わかったよ。行くから押さないでよ」

『わふ』

「それじゃあ行ってきまぁす」

軽い身のこなしでファルシの背に乗ると、コリトコはそう言い残して屋敷に向かって駆けていった。

その後ろ姿を見送ってから俺はキエダに向き直る。

「大丈夫。キエダたちの分も用意してくれるって言ってたから」

「それは楽しみですな」

そう笑ってキエダは手にしていた書類鞄を持ち上げる。

「では、おやつをおいしく食べるためにも先に成果を報告させていただきませんとな」

「そうだね。それじゃあ広場の休憩所で話を聞こうかな」

この拠点にやってきて最初に皆で食事をした場所である。

そこには椅子や机が設置された屋根付きの休憩所が作られていて。

今では拠点のみんなの憩いの場となっていた。

「キエダは先に行って準備をお願い。僕はギルガスさんを呼んでから行くよ」

「わかりました。拡張工事にはあの御仁の技術と知恵がいろいろと必要になりますからな」

「僕のクラフトスキルだけでは限界があるからね」

「謙遜が過ぎますな」

「そうでもないさ。いくらいろんなものが作れるといっても、ドワーフたちの技術を簡単に模倣できるわけじゃないからね」

僕はそう言い残すとギルガスがいるであろうドワーフの鍛冶工房へ足を向けた。

彼らにはこの領地を開拓するために必要な道具をいろいろと作ってもらっている。

どんな道具が必要なのかについてはトアリウトの意見を参考にした。

彼らは僕らが来るずっと以前からこの島を開拓して村を作り暮らしてきた先駆者だ。

王都暮らしで知識だけしかない頭でっかちな僕より、実際にさまざまな経験を積んでいる彼らレッサーエルフのほうが知識も経験も豊富だろう。

それにこの島の特性についても彼らのほうが詳しいのはたしかだ。

というわけで現在工房で何が造られているのかは僕も詳しく知ってはいない。

「こんにちは」

元気に屋根の煙突から煙を吐いている工房の扉を開く。

「ギルガスさ――って、うわっ」

途端に猛烈な熱波と煙が顔を襲う。

僕は思わず悲鳴を上げ、手でそれを防ぎながら数歩下がった。

「あらぁ？　レスト様じゃなぁい。いらっしゃぁい」

その煙の向こうから聞こえて来た声はギルガスの娘ジルリスだ。

顔を背けたくなるほどの熱気の中だというのにまったくいつもと変わらない平然とした声音に、ドワーフの凄さを再認識させられる。

普通の人間ならこの煙と熱気の中に数分といられないだろう。

「ちょっとギルガスさんに用があってね」

僕は更に数歩退き、工房の外から扉の中に向けて応える。

「パパに？　ちょっと待っててねぇん」

揺らめく陽炎の向こう側。

立派な髭を揺らしながらジルリスの姿が消える。

そしてしばらくすると奥から一人のドワーフが煤《すす》だらけの顔でやってきた。

「何の用だ大公様よ」

「その呼び方は止めてほしいって言いましたよね？」

「ん？　そうだったか？」

腰に下げていた手ぬぐいで顔を拭きながら、ギルガスは「じゃあなんて呼べばいい？」と首を傾げる。

「レストでいいですよ」

「ふむ。しかし国主を呼び捨ては他の者に示しがつかんだろ」

「他の者といっても知り合いしかいないじゃないですか」

「それでもだ。そうだな……今までどおりレスト様と呼ばせてもらうか」

ギルガスはそう言うと「それで何の用だレスト様」と尋ねてきた。

「キエダがこの拠点の周囲を星見の塔から調べてきてくれたので、拡張の打ち合わせをしたいなと」

「ワシは何をすればいいのだ？」

「地形を見てもらって、どこに何を作ればいいのかとかアドバイスを貰えないですか？」

「わかった、行こう。その前に馬鹿弟子どもにやることだけ指示しておく」

そう言うとギルガスはまた熱気と煙が渦巻く工房の中へ入っていく。

ドワーフたちにとっては熱気も煙もたいした問題ではないのはわかった。

しかしこれから先のことを考えるとこのままではいけない。

時には指示を出すために僕やドワーフ以外の人たちも工房に入る必要が出てくるだろう。

「換気用の窓とか、もう少しちゃんと作っておかないと」

現在の工房には煙突はあるが、窓は小さなものしか造られていない。

僕の知識が足りなくて、これほどの熱気と煙が籠もるとは考えていなかったせいだ。

なので近いうちにギルガスたちには時間を作ってもらって、工房の再クラフトをさせてもらうつもりだ。

「帰ってくるまでに仕上げておくんだぞ！」

そうこうしているとギルガスが、奥に向かってひと声かけつつ工房の扉から出てきた。

真っ黒な顔と髭は手ぬぐいで拭いた程度ではとても元に戻りそうにない。

僕はテリーヌに風呂の用意を頼んでおこうと思いながらギルガスとともにキエダの元へ向かった。

「待たせたか？」

「いいえ、こちらの準備もありましたからな」

そして三人揃ったところで計画の打ち合わせを始めることにした。

「つまり今の拠点を広げるとすると、ちょうど星見の塔を中心にして開拓していくのがいいってことですね」

「そうだな。その辺りは高低差も少ない上に地盤も安定している。まず手をつけるにはうってつけだろう」

ギルガスは頷きながらキエダの広げた略図に手を伸ばし。

「そして最終的にはこれくらいの広さまで開拓すれば国家首都としての機能と、その人口を養える農地も確保できよう」

と、続けて略図に大きく丸を描いた。

その円は星見の塔を中心として、全体の面積は今の拠点の四倍から五倍ほどになるだろうか。

「拡張範囲はこれくらいにするとして、周囲の地質と地盤も調べないといけませんね」

「せっかく街を広げても建物が沈んでは意味がないからな」

「地盤調査か……そっちのほうはいつもどおりキエダに任せていいかな？」

この島に来てから領主館などを建てるときにもキエダの地質学の知識は大いに役立ってくれた。

冒険者だった頃に、ダンジョンの奥地での採掘や崩落に巻き込まれないために覚えたらしい。

「お任せください。立派な橋脚を建てても沈まないかどうかを調べるのは得意ですぞ」

「いや、別に橋を建てるわけじゃないから」

もしかして地質学を学んだのは橋趣味の延長なのではないだろうか。

そんな疑問が僅かに頭をよぎる。

「とりあえず任せたからね」

「腕が鳴りますな」

でもそれはどちらでも構わない。

必要なのはたしかな知識と経験である。

キエダにはそれがあるというだけで十分なのだ。

「その後なんですけど」

僕はギルガスに質問する。

「建物を建てても大丈夫だと判断できたら、今の拠点に隣接しているところから時計回りに壁を広げていけばいいですか？」

「まずは壁で囲まないと魔物やら獣やらが侵入してくるだろうからな」

キエダやドワーフ衆のような猛者たちなら、この辺りの魔物くらいは簡単に倒せるだろう。

だけど建築中に不意打ちを喰らう可能性もある。

なので範囲が完全に決まった後は、開拓を始める前にその範囲の安全を確保するのが最優先だ。

コーカ鳥たちやファルシに警戒をしてもらうという手もあるが、彼らにあまり負担をかけるわけにも行かないだろう。

特にコーカ鳥たちは意外にストレスに弱いとコリトコから聞いている。

「とりあえず侵入が防げる程度のものを仮にクラフトで作りましょうか。幸いまだ材料は山ほどありますしね」

島に上陸するときに素材化で手に入れた石素材はまだまだ潤沢に素材収納に入っている。

それにこれからも上陸通路や港をきちんと整備し直すためにもっと多くの石素材は手に入る予定である。

「この辺りの魔物程度なら、お主のスキルで作る石壁であれば突破はできんだろうしな」

「そうですね。今の拠点の壁も同じように作ったんですが、今のところ壊されることもないですし」

開発がある程度落ち着いたらギルガスたちに全て建て替えてもらいたい。

ついでに壁作りの知識も手ほどきしてもらえば、途中からはクラフトスキルで一気に作業を進めることも可能だろう。

「大まかな範囲を決めたところで、次は街としての施設をどう配置するかですが」

領主館は今の位置で問題ないとして、国の施設をまとまった場所に配置するとなると今ある住宅や鶏舎は移動する必要が出てくる。

それはこれから作る水路の形と一緒に考えるべきだろう。

あと、これから外からいくつかの家畜も買い入れ畜産を始めるつもりだ。

となると住宅街と鶏舎や牧場が近すぎると匂いや騒音の問題も出てくる。

なので適当に決めるわけにもいかない。

「いずれは畑とか牧場なんかは街の外周部にまとめるとして、今はそんな余裕も人員もないのでこの辺りで」

「となると住宅街や商店などは少し離れたこちらがよろしいでしょうな」

「ふむ。ならば水路はこう引けば効率的だな」

そうして僕らは街の簡易的な計画図を作り始めた。

キエダの知識とギルガスの経験、そして僕のクラフトスキル。

三人が三人、それぞれ持つ知識と力でできることとできないことを見極め組み立てていく。

その作業があまりにも楽しくて。

「レスト様、昼食のお時間ですよ。続きはその後でお願いしますね」

昼になっても帰ってこない僕を探しに来たテリーヌに呼びかけられるまで、僕らの会議は続いたのだった。

＊　＊　＊

数日後。

僕は仲間たちとともに川から水を拠点まで引き込むための水路建設に向かった。

メンバーは僕とギルガス、そしてギルガスの弟子三人組。

それとエストリアにヴァン。

加えてトビカゲとクロアシの二羽のコーカ鳥という大所帯である。

ギルガスが水路の形を決め、僕が素材化で地面を掘り中に石でできた水路をクラフトする。

その水路をギルガスの弟子である三人が水漏れや細かい不備のないように仕上げ。

それを最後にギルガスが確認し、次の水路を同じようにクラフトするという形で建設は進めていく。

エストリアたちはその間、周囲の警戒を担当し、万が一の時にはその排除をしてもらわなければならない。

危険な仕事だが、キエダが地質調査で手が空いてない今、拠点で魔物相手に戦えそうなのはこの二人だけだ。

「それでは私とヴァンはこの辺りを回って危険がないか確かめてきますね」

「ありがとうエストリア。気をつけて」

「俺様とトビカゲがついているんだ。姉ちゃんに怪我なんてさせるわけがねぇよ」

獣人族の身体能力もあってか、今では拠点で二人に敵うコーカ鳥使いはいない。

元々コーカ鳥は臆病な魔物だ。

なので魔物や危険にはかなり敏感で、エストリアたち獣人族の知覚でもわからない距離の魔物ですら察知することができる。

本来であれば察知すると同時に逃げるというのがコーカ鳥の戦法なのだが、二人の――特にヴァンが操るトビカゲは乗り手に似たのかかなり好戦的な性格で、逆に魔物を追いかけて追い払うのを楽しむまでになってしまった。

「あらあら。私とクロアシちゃんだって負けませんよ？」

「じゃあ競争すっか？」

「ヴァン。今はレスト様たちが安全に作業できるようにするのが私たちの役目です」

「……わかってるよ。そんな怖い顔するとレストに引かれちまうぜ」

「えっ⁉ 私、そんな怖い顔してましたか？」

慌てて自分の顔をペタペタと触り焦り出すエストリア。

だけど別に彼女は僕が引くような怖い顔をしていた訳ではない。

むしろぷっくりと頬を膨らませて弟を叱る彼女の顔はとても可愛らしく。

身内相手にしか見せない彼女の貴重な表情を見ることができて僕は嬉しかった。

「怖い顔だなんてヴァンの嘘だよ」

僕が笑いながらそう言うとエストリアはホッとした表情を浮かべ、

「ヴァン。あとで覚えてなさいね」

と、弟を睨んだ。

「それじゃあ僕は作業に戻るよ。二人とも、後はよろしく」

『ぴきゅ！』

『ぴぴー』

するとその言葉に抗議するかのようにコーカ鳥たちが鳴いた。

どうやら自分たちもいるぞと言いたいらしい。

コリトコのようにお互い言葉がわかるわけじゃないけれど。

付き合いが長くなるにつれ、何かしらコーカ鳥たちとも意思が通じるようになってきた。

たぶん、勘違いじゃないと思う。

「もちろんクロアシとトビカゲも信じてるよ」

苦笑しながら僕はそれぞれの体を撫でてやる。

今の僕たちにとってコーカ鳥たちは既に家族のようなものだ。

彼ら、彼女らがいなければ、今のように拠点の外を自由に探索することも開拓することもできていなかっただろう。

「ちょっとこっちに来てくれねぇかレスト様よぉ」

少し離れた川の近くで先に現地調査を始めていたギルガスが大きく手を振って僕を呼ぶ。

彼らの横には少し縦長のドワーフたちが作った台車がふたつ並んで停まっている。

片方には彼らの仕事道具。

もう片方には座席が四つ備えつけられていて、クロアシとトビカゲがここまで曳いてやってきていた。

「取水口の位置を確認してくれ」

「はーい。今行きます」

僕はエストリアとヴァンに「行ってくる」と小さく手を振ってからギルガスの元へ向かう。

「この辺りなら川の流れもいい感じだし、それでいてゴミも入りにくいと思うぜ」

僕がたどり着くとギルガスが川の側を指さしながらそう言う。

取水口は拠点から見て少し上流に作ることは決まっていた。

そこから緩い下り坂になるように用水路をつくって拠点まで引くのである。

もちろん急な川の増水などで拠点内の水路が溢れたり、川の魔物が流れ込んできたりしないように所々貯水場や防護柵を挟んだりといった仕組みを組み合わせることになっている。

最初は一直線に川の水を引けばいいと思っていたのだけど、ギルガスにその話をしたら鼻で笑われ、いくつもの不備を指摘された時は自分の無知さを恥じたものだ。

「そうですね。それじゃあ早速工事を始めましょうか」

「おう。地面に図を画くから、そのとおり掘ってくれ」

「わかりました」

今回の工事行程はこういうものだ。

まずギルガスが水路を掘る位置を決め地面に図を画く。

その図に合わせて僕が素材化で地面を掘る。

そして掘ったところにクラフトスキルで石を使って水路を造る。

次にギルガスの弟子たちが仕上げ、最後にギルガスが問題ないかを確認。

水路が出来上がった後、ゴミや土が入らないように蓋をクラフトして載せれば完成だ。

「この辺りをこういった感じで掘ってくれ」

ギルガスが指し示した場所は川から一歩ほど離れた場所だった。

いきなり水が流れてきては水路の工事はできない。

なので先に取水口に取りつける水門を作ってから作業を始めるのだ。

「その間に水門を作る準備をさせておくから資材は横にでも置いてくれ」

ギルガスはそう言い残すと、川辺で水の中を覗き込んだり水を掬《すく》ったりして遊んでいる三人に向かっていった。

「おいお前ら。いつまでも水遊びしてねぇで得物を持ってこっちに来やがれ！」

「はいっ」

「すぐいくわよぉ」

「やっと出番か。待ちくたびれたぞ」

ギルガスが弟子たちに指示している間に僕は素材収納から資材を指示された場所に置いていく。

いくつかの部品に分かれたそれは事前にドワーフたちが用意していた水門の部品だ。

僕には何がどう組み合わさるのかわからない部品の山にドワーフたちが駆け寄ってくる。

「ありがとぉレスト様ぁん。それじゃあ仮組みを始めるわよぉん」

ジルリスを先頭にライガスとオルフェリオス三世が取り出した部品の山からいくつかの部品を取り

上げる。

そして部品を持ったドワーフたちは少し離れたところまで移動するとでそれを組み始める。

「組み上がったら呼ぶんだぞ」

ギルガスは弟子たちにそう指示を出すと、手にした鉄の棒で地面に追加で線を引き始める。

「こんなもんか。それじゃあレスト様よ。さくっと掘ってくんな」

「深さはギルガスさんの背丈くらいでいいんですよね」

「最初の部分だけもう少し深めにしてくれるか？」

「取水口ですもんね」

「そういうことだ。あと細かい調整は出来上がってからでいい」

「わかりました、それじゃあ少し下がっててくださいね」

僕は水門を建てる地面に向かって片手をかざす。

そしてギルガスが十分離れたのを確認してから——

「素材化！」

彼が引いた線と寸分の違いもない地面を一気に素材化する。

そして予定どおり出来上がった穴に水路をクラフトした。

「何度見ても不思議な光景だな」

ギルガスが出来上がった水路を覗き込んでそう言う。

「ちゃんと指示どおり水門を作る場所も空けてもらってあるな。おい、お前ら」

ギルガスは弟子たちに声をかけ、水門の設置に取りかかる。

川との接続は最後だが、その前に水門だけは設置しておかないといけない。

なぜなら何かの拍子で川と作りかけの水路の間の壁が崩れたら大変だからである。

「それじゃあ僕は次の水路をクラフトしますね」

「頼んだ。おいお前らまだ組み終わってねぇのか！」

ギルガスが弟子たちに向かって怒鳴る。

そんなこんなで水路工事を開始してから六日後。

僕のクラフトスキルとドワーフたちによる共同作業は予想以上に順調に進んでいた。

あと数日もあれば、拠点の外壁まで水路は完成するだろう。

そんな最中、カイエル公国はある改革を行うことになった。

それは『エバ法』から『サンチメル法』への単位変更である。

切っ掛けはギルガスの提案だった。

「お主らが使う単位なんだがな」

「単位ですか？」

「そうだ。お主らが元々所属していたエンハンスド王国は特殊な単位を使っているだろう？」

ギルガスの言う特殊な単位とは『エバ』のことである。

エンハンスド王国建国時の王都。

その大きさを基準とした『エバ』という単位を使っているのは、その成り立ちもあってエンハンスド王国だけである。

なので他国から見るとかなり特殊で、その単位の違いから他国との間にさまざまな問題が起こっているという話は知っていた。

「せっかく王国から独立して新しい国を作るんだ。単位も一番よく使われている『メル』に統一してはどうかと思ってな？」

「学生時代に『メル』について習ったことはあるんですけど、生まれてからずっと『エバ』で育ってきたので違和感があるんですよね」

「そんなものはすぐに慣れる。そもそも――」

ギルガスはお手製の一メル定規を背中から引き抜くと、その横に書かれたメモリを僕に見せながら続ける。

「ワシらドワーフ族も基本はサンチメル法を使っておるのは知っているだろ？」

「ええ、まぁ」

「今回の水路工事で痛感したんだが、お前さんやキエダの旦那の作った設計図に書かれている数値をいちいちサンチメル法に直すのはいささか面倒でな」

今までは僕やキエダが彼らに何かを作ってほしいと頼んだとき、その設計図の数値は『エバ』を使って書かれていた。

それを彼らは毎回『サンチ・メル』に変換して、設計図の数値を書き換えてから作るという二度手間を行っていたというわけである。

「別にワシらが楽をしたいからというだけで言っているわけじゃないぞ。実際世界を旅したワシだからこそ言えるが、王国以外の国で『エバ』はほとんど通じない」

それはそうだろう。

今でこそ西大陸の大国となったエンハンスド王国だが、この世界全てに影響力を持つわけではない。

王国に関わり合いの強い国では通じるが、それ以外では独自単位が通じるとは思えない。

「これからカイエル公国を本格的に運営していくのなら、王国以外と交易から何から進めていかねばならんだろ。いや、むしろ王国以外を味方につけることこそがこの国を存続させる道だとワシは思っている」

「そうですね。王国から見れば僕らは裏切り者かもしれないですし」

「だからこそ単位を世界基準に改める必要があるとワシは言っているのだ」

ギルガスの言い分はもっともだ。

「わかりました。それじゃあ皆の意見も聞いてからどうするか決めることにします」

僕はその日の夕方に、早速みんなを集めるとギルガスの提案を皆に伝えた。

その意見には誰も反対はなく。

ギルガスと同じく王国の外を知っている者たちはすぐに賛成の意を示した。

「反対意見はなしか。それじゃあカイエル公国の共通単位はこれ以降『エバ法』ではなく『サンチメル法』とする」

幸い今のところ王国育ちが少ないこの島ではそもそもエバを使っているのは主に僕とキエダだけだ。

しかもキエダは元々王国以外の国々を冒険者として旅していたこともあってサンチメル法にも精通している。

なので結局は僕一人にしか影響はないということに気がついてしまったのだ。

「ギルガス殿。レスト様のために『メル・エバ併記定規』を作ってもらえますかな?」

「お安い御用だ。明日までに作っておこう」

そうしてカイエル公国として初めての法案が決まったのだった。

＊　＊　＊

「まさか最初の法案が単位改正とはね」

それはさすがに予想外だった。

やはり学校で学んだだけの知識しか持たない僕と違い、世界を知っている人の存在は大きいと痛感する。

「建国ってものを簡単に考えすぎていたかもしれないな」

単位改正が決まった翌日。

僕は水路工事に向かうため、コーカ鳥の鶏舎に向かいながら考えごとをしていた。

やはり僕の知識や経験はまだまだ未熟で、足りないものが多すぎる。

もちろん学生時代に王都を出て辺境で領主をする計画のために領地経営の勉強は一生懸命したつも

りだ。

だけどそれはやはり『王国内の一領主』としての領地経営で。

外交や面倒なことは王国に任せればいいといった他力本願な考えが強かった。

しかし国の運営となると、そういう外国との交易や交流について他を頼るわけにはいかない。

だが現状で表立ってそれができるのは、この島ではキエダと僕だけだ。

「やっぱり人材が必要だな」

自分に足りないものを補うためにはふたつの方法がある。

ひとつ目は自分自身でその知識を学ぶことだ。

だけどそれは時間がかかるし、全てを僕一人で賄うのには限界がある。

となるともうひとつの手段を用いるのが現実的で。

そのための布石はクレイジア学園に通っている間に既に打ってあった。

もちろんその時は王国を出て建国するなんてことを本気で考えていたわけじゃない。

ただ自分はそれほど万能ではないということくらいは自覚している。

なので何か不測の事態が起こったときに頼れる人材を探していた。

クレイジア学園の主な生徒は貴族や有力な商人などの子息子女である。

そして一般の生徒も王国の内外問わず優秀な人材が揃っていた。

その中には能力はあるものの家を継ぐことができない者たちも多くいて。

そんな人材を僕は暇を見つけては探し出して目星をつけていた。

「といっても王国を捨ててこんな辺境の島まで来てくれるような人がどれだけいることやら」

既に建国のために欲しい人材には僕はエルを通じて手紙を送ってある。

だが返事はまだひとつも返ってきていないが。

「一応エルに下調べしてもらって、来てくれそうな人材にだけ送ったんだけどな」

既に学園を卒業した者や在学中の者。

その中でも既に将来が決まっている者は避けたつもりだ。

それでも過度な期待はしないほうがいいのはわかっているけど。

「できれば先生だけでも来てくれれば助かるんだけどな」

僕はクレイジア学園で唯一話が合った魔族の先生のことを思い出す。

そして先生と交わした約束のことを。

きっと先生は僕が本当に建国するなんて微塵《みじん》も思っていなかったに違いない。

だから簡単に口約束をしてくれた。

魔族にとって『約束』とは契約と等しいものだというのに。

もちろん僕だって自分が建国までするとは思ってなかったし、軽い気持ちで言ってみただけだった。

だからもし先生が約束をなかったことにしたいと言うなら、僕は無理にこの島へ呼ぶことはしない。

そのことはエルにも伝えてある。

最終的に決めるのは先生だ。

「レスト様。出発の準備はできてますわ」

鶏舎にたどり着くと先に出ていたエストリアがクロアシとともに僕を待っていてくれた。

既にヴァンとドワーフたちはひと足先に水路工事現場へ向かったようで他には誰もいない。

「ごめん。待たせてしまって」

僕はエストリアに駆け寄ると頭を下げる。

昨夜、どうしてもやっておきたいことがあったので今朝は寝坊してしまった。

「ふふっ。レスト様も寝坊なんてするんですね」

「僕は昔から怠け者だからね」

「そうなんですか？」

「もし僕が勤勉だったら、今頃ダイン家を継いでいたよ」

「ふふっ。でしたらレスト様が怠け者でよかったです」

エストリアは「勤勉でしたらこの島で出会えませんでしたもの」と笑った。

「たしかにそうだ。勤勉じゃなくてよかったよ」

僕は微笑み返しながらエストリアに近づく。

「これアグニから」

そして領主館を出る時にアグニから預かってきた鞄をエストリアに差し出した。

中にはアグニお手製のクッキーとお茶の水筒が入っていて結構重い。

だけどそんな重めの荷物もエストリアにとっては関係なく。

「この鞄はクロアシちゃんの横に下げておきますね」

そう軽々と僕から鞄を受け取ると、手早くクロアシの鞍に結びつけた。

「それじゃあ行きましょうか」

そのままクロアシの背中に飛び乗ったエストリアが僕に向かって手を差し出す。

いつも思うのだが、これって本来は立場が逆じゃないといけないのではないだろうか。

「ああ、行こう」

しかし自力で上れないのだから仕方がない。

僕は僅かに情けなさを感じつつエストリアに手を差し出す。

彼女はその手を軽く握り返すと軽々と片手で僕を持ち上げた。

「うわっと」

少しばかりバランスを崩しながらも僕は開いているほうの手と足でクロアシの体を駆け上り、そのままエストリアの後ろになんとか腰かけることに成功したのだった。

＊　＊　＊

「今日から拠点の中に水路を引くよ」

朝食の席で俺は全員に向けて今日の予定を告げる。

これが最近の日課だ。

朝食と夕食は現在拠点にいる全員が集まって一緒に食事をすることにしていた。

この先、住民が増えていけば一緒に食事をする機会は減るだろう。

だけどそれが可能なうちはこの習慣は続けていきたいと僕が提案したのである。

「わかりました。それで私たちは何をすればいいのでしょう？」

「もうどこにどう引くかは考えてあるからいつもどおりの仕事をしてもらってても結構よん」

テリーヌの質問に答えたのは僕ではなくドワーフ三人衆の一人であるジルリスだ。

彼女の言うとおり、拠点の中にどういう風に水路を引くかは既に設計済みである。

「計画図はこうなってる」

僕は手元に丸めて置いてあった計画図をテーブルの上に広げた。

「昨日のうちに領主館の裏まで水路は引き終わってるから、今日はこの部分の壁の下を掘って――」

拠点を上から描いた俯瞰図には、水路だけでなくこれから作る予定の畑や家、倉庫なども描かれている。

そして水路の拠点内への入り口は領主館の裏手に位置していた。

「この辺りから引き込んで領主館の右と左へ水路を延ばす予定で、左側に延ばす分は飲み水とか上水用にする」

僕は館の側面を指でなぞりながら続ける。

「そして右側は農業用とか飲料以外の用途に回すつもりなんだけど」

「そこで飲み水と分けたほうが安心できますね」

テリーヌが図面を見ながら呟く。

彼女たちは料理などで一番その水を使うだろうから気にしていたのだろう。

「そういうこと。もちろん皆が飲む水に関しては水路の水を直接使うことはないけどね。オルフェリオスくん、説明を頼めるかい？」

「まかせろ。皆の者、図面のここを見るがいい」

俺の話を継いで、いつものように尊大な態度でオルフェリオス三世が図面の一部を指さす。

そこには樽のような絵が描かれていた。

「……樽？」

「それって何だろうってさっきから気になってたですぅ」

アグニとフェイルにわかるはずはない。

僕だって何も知らずにこの絵だけ見たら大きな樽にしか思えなかっただろう。

「ふふんっ。聞いて驚け！　実はこれは我が生活鍛冶師が研究に研究を重ね生み出した——」

「これは浄水装置というものだ」

無駄に自慢げに正体を告げようとしていたオルフェリオス三世を押しのけるように、ギルガスが席から腰を浮かして図面を指さし答えを言ってしまう。

「し、師匠ぉ」

「ふんっ。お前はいちいち勿体ぶる悪い癖をいい加減に直せ」

情けなくギルガスにすがりつくオルフェリオス三世に向かって彼は冷たく言い放つ。

だがやはりそんな彼も弟子には少し甘いようで。

「それならあとの説明はお前に任す。しっかりやれ」

と、オルフェリオス三世に告げて腰を下ろした。

「ゴホン。それでは師匠から指名された我が責任を持って説明しよう」

「簡潔にな」

ギルガスが釘を刺す。

「うっ……なるべく簡単に説明させてもらおう」

浄水器の仕組みを一から説明する必要はない。

というか開拓計画の時にも僕はその仕組みを詳しく教えてもらったが、半分くらいはもう忘れている。

「この樽形のものは先ほど師匠が言ったように『浄水装置』といって、その名からわかるとおり水を綺麗にするものだ」

仕組みは簡単。浄水装置の中は水を綺麗に濾過するための円筒状の筒がいくつか入れてある。

その筒の中には石粒や砂、そして炭などが濾材《ろざい》として詰め込まれていて、順番に水を中に通すことで徐々に水の中に混ざっている不純物を濾過していくという仕組みだ。

もちろん使えば使うほど濾材は汚れていくので、定期的に入れ替える必要はあるが、そのためにひとつひとつの濾材を別々の筒に分けて簡単に取り替えできるように作ってあるのでそれほど手間はかからない。

「水路を流れてきた水を浄水装置の横に設置した魔導ポンプで汲み上げ、上部から流し込む。すると一番下まで流れ出る頃にはすっかり綺麗な水に生まれ変わっているというわけだ。すごいであろう？」

「質問いいでしょうか？」

自慢げに胸を張るオルフェリオス三世に、エストリアが手を上げる。

「どうしてそのような装置が必要なのですか？　別に川の水をそのまま飲めば良いのではないのでしょうか？」

「は？」

「えっ！」

エストリアの質問に幾人かが驚きの声を上げる。

もちろんオルフェリオス三世もその内の一人だ。

「そうだよな。別にあれだけ綺麗な川の水だったらそのまま飲んでもいいんじゃねぇか？」

手を頭の後ろに組みながらヴァンもエストリアと同じようなことを言う。

二人の表情を見ると、まるでそれが当たり前のことだろうと言わんばかりで。

「ん？　何か間違ったことでも言っちまったか？」

みんなの顔を見て自分の言葉のどこがおかしかったのかと首を捻るヴァン。

だが。

「そういえば獣人族の皆さんは生水を飲んでも問題ないほど胃腸が丈夫なのでしたな」

みんなの疑問はキエダのその言葉で氷解した。

つまりエストリアたち獣人族は強靭な胃腸を持つが故に生水を飲んでも平気なのだ。

だからいちいちそこまでして水を綺麗にするということが理解できなかったわけである。

「なるほど、そういうことか」

「もしかして皆さんは川の水をそのまま飲まないのですか？」

不思議そうに尋ねるエストリアに僕は端的に説明をする。

「どうしても飲まなきゃいけないときは飲むけど、そんな時もなるべく一旦沸かしてから飲むんだ。そうしないとお腹を壊しちゃうからね」

「そうなのですね。知りませんでした」

種族が違えば常識も変わる。

ほとんど他の種族が住んでいなかった王国で生まれ育った僕には、その視点が抜けてしまうことが多い。

僕はこの国をさまざまな種族が住める国にしようと考えているというのに。

「いや、むしろ勉強になったよ。ありがとうエストリア」

知らないことは知ればいい。

そうして誰もが前へ進んでいくのだから。

「そういうわけで飲み水とか浄水に関しては、今後はこの場所で浄水した水をそれぞれの家まで上水道をつくって流す予定だから」

僕のクラフトスキルとドワーフたちの技術があればこそ簡単に上水道を作るなどと言っているが、実際それがなければ今のこの街の規模では作れるようなものじゃない。

「それじゃあ皆、今日も頑張ってお仕事しましょう」

最後に僕がそう告げると、仲間たちは各々席から腰を上げ。

「行きますよヴァン」

「めんどくせぇけどやってやんよ」

「……まかせて……」

「今日はコリトコくんと鶏舎の掃除ですぅ」

「あらあら」

「お前ら、ボサッとしてねぇで工事の準備始めるぞ！」

そうして朝の会議は終わりを迎えたのだった。

＊＊＊

拠点の拡張計画。

その前段階ともいえる地質調査と水路の建設は順調に進んでいた。

キエダの地質調査では拠点を街と呼べる程度まで拡大しても問題ないことも確認できた。

といってもそちらに手を着けるのはまだ先の話である。

今は現在の拠点の中だけで、ある程度の自給自足ができるように設備を整えるのが先だ。

特に食糧確保のための畑作りは急務だと僕は考えていた。

島に着く前に保存が利くものや素材として収納できるものに関してはできるだけ買い込んできた。

だけどその食料も無限ではない。

一応半年は暮らしていけるだけの量は倉庫に保管されている。

だがそのほとんどは保存食だ。

生野菜といえるものはウデラウ村からの貢ぎ物や一番近くにある王国の港町オミナで定期的に買い入れているものしかない。

しかもオミナには島から最低でもギルガスの船を使っても片道数日はかかる。

人員も少ない今、その往復にかかる時間と人員はかなり痛い。

それに資金にも限界がある。

最初は島にある赤崖石《せきがいせき》やミスリル、光石などを売ってお金を得るつもりだったのだが、なるべく王国の目につくようなことは避けたい現状では悪手だということがわかった。

何せこの島のものは外の世界ではかなりの稀少物ばかりである。

そんなものを大量に売りさばけば必ずその出所を探る者が出てくるはずで。

そうなると国の体裁が整う前に王国だけでなくさまざまな輩にこの島に眠る宝のような資源の存在がバレてしまいかねない。

今までこの島が手つかずだったのには理由がある。

もちろん島に上陸するのが困難だというのが一番大きな理由だが、それでも開発しようとすればいくらでもできたはずだ。

だがそれを誰もしなかったのは、この島にそんな稀少な鉱物があることを誰も知らなかったからである。

それが十分に開発費の元が取れるどころかそれ以上のものが埋まっていると知られれば、既にエンハンスド王国の領地でもなくなっているこの島を手に入れようとさまざまな輩が先を争って上陸しようとやってくるはずだ。

そうなってしまえばまだ国としての体をなしていないカイエル公国は一瞬にして飲み込まれてしまうだろう。

今はまだエンハンスド王国にも、他の国々にもこの島の財産を知られたくない。

というわけでオミナからの輸入に頼るのを今はまだ極力控えたいと思っている。

次にウデラウ村からの貢ぎ物だが、元々村では農作自体はしているものの収穫物は多くなく。

基本的に村の周りで採れる果物や山菜、自生している作物を採取して食料にしている。

たぶん彼らが元々エルフだからというのもあるのかもしれない。

というのもエルフは自然を切り開いて農作物を作るということをしないからである。

その代わり彼らは自然の力を増幅させ、自生している植物などから採取できる量を増やすことができるとかで。

彼らは農耕などしなくても十分な食料を手に入れられるということらしい。

しかしそういった狩猟採集生活はこの島の人口が少ないから成り立っているともいえる。

つまりこの先国民が増えれば自生しているものだけでは賄えなくなるだろう。

なので僕はなるべく早く畑を作ろうと考えていた。

この島に来る時にいくつかの農作物の種を持って来ている。

だが季節的にもその種を植えて育てるためにはそろそろ種を蒔かないと間に合わない。

この島の気候は、島の外の海流の荒さと違って比較的暖かく穏やかだと聞いてはいる。

だけど冬になれば雪が降る日もあるとトアリウトたちから聞いていた。

そうなれば森の恵みも採れなくなるだろう。

なので今のうちに畑作りをして秋に収穫。

そして冬を乗り切る準備をしておかねばならない。

「寒くなる前に今日は本格的に畑を拡張しようと思う」

「そういえばいろいろ忙しくしていてすっかり畑のことを忘れてましたね」

朝食のあと、僕がそう切り出すとテリーヌが思い出したとばかりにそんなことを言った。

彼女の言うとおり前に僕たちは以前に畑を作りかけていた。

皆に協力してもらい邪魔になる廃材などを片づけ、クラフトスキルを使って栄養豊富な畑の土を作り四つの畑を完成させた。

そう、完成させたまではよかったのだが。

「今じゃ立派な雑草畑ですぅ」

フェイルの言うとおり、今じゃすっかり一メルほどの高さの草に畑は完全に覆い尽くされていた。

「あそこって畑だったんですか！」

「あの一角だけアホみたいに草が生えてるなって思ったら、そういうことだったのかよ」

エストリアが驚き、ヴァンがあきれたように鼻で笑うのも仕方がない。

「鶏舎を作ったり塔を建てたりウデラウ村に出かけたりしてる内にすっかりね……」

僕は苦笑いを浮かべそう応えながら机の上に三つ、こぶし大ほどの袋を置いた。

「これは？」

「僕らが島の外から持って来た種だよ」

僕はひとつひとつの袋を指さしながら説明する。

「右からキャロリア、ジャ芋、小麦。ジャ芋は種じゃなくて種芋だけどね。比較的栽培が簡単なものを選んで持って来たんだ」

他にも何種類かの野菜や果物に対し、素材化を使って種にして素材収納に収納している。

だけど一度に何種類も作物を作るのは拠点内に作れる畑の大きさ的に今は難しい。

なので最初はこの三種類に絞って栽培を始めることにした。

幸い肥料についてはコーカ鳥たちの糞というちょうど良いものがある。

ウデラウ村の数少ない農地でもコーカ鳥の糞を使っていると聞いたので問題ないはずだ。

「畑作りは僕とキエダ――あとトアリウトさんにも手伝ってもらおうかな」

最後に仲間の内で唯一畑仕事を経験しているトアリウトにそう声をかける。

「わかった。手伝おう」

それに対し彼は簡潔にそう応えると席を立つ。

「では行きますかな」

「それじゃあ二人とも僕についてきて」

僕は二人に先立って食道を出る。

そしてそのまま二人を引き連れて畑の場所へ向かう。

「かなり草が生えておりますな」

「よほどこの辺りの土壌が合っていたに違いない」

「あはは。前に一度耕しかけたことがあってね。そのせいだと思うんだ」

足首くらいまで育った雑草。

それが以前クラフトスキルで耕した範囲を綺麗に埋め尽くしている。

「レスト様のあの技は畑も耕せるのか」

僕の言葉に驚くトアリウト。

そういえば彼にはまだクラフトスキルのそういった使い方は見せていなかった。

「応用次第でね。まぁ見てて」

目標は最初に作った畑。

「それじゃあ、早速耕し直すよ」

今は緑に覆われたその範囲に向けて僕は素材化を発動する。

「レスト様、さすがですぞ」

「それで、こんな四角い穴を作ってどうするのだ?」

いつものように大袈裟に誉めてくれるキエダ。

その横でトアリウトは興味深げに僕が作った穴を見ながら尋ねてきた。

「今僕の収納の中には今取り込んだ土と草が入ってるんだけど」

僕は手のひらを穴に向けながら少しだけ目を瞑《つむ》る。

そして脳内で収納に取り入れた素材を組み合わせ。

「クラフト！」

草を混ぜ合わせた土を穴の中にクラフトして見せる。

「ほう。これは楽でいいな」

「でしょう？　この調子で畑をとりあえずあとふたつは作ろうと思ってね」

本当はもっと作りたいのだが、いかんせん現在の拠点は手狭である。

それに複数の畑を管理するだけの人手もない。

「たしかキャロリアとジャ芋と小麦を作るのだったな？」

「他にも持って来た種や球根は全て植えてみるつもりだよ」

「全てといってもこの広さではひとつひとつ作付けできる量がかなり少なくなるだろう？」

もちろん僕も将来的に作物を自給で賄えるくらいの量を作りたいと思ってはいる。

だけど今回作る畑の大きさでは、それは不可能だ。

たとえ今の拠点中を全て畑にしてもひとつの品種に限定したとしても無理である。

ならば僕たちがまずやるべきことは、この島で何が育ち、何が育たないかを見定めることだ。

そのために作った畑のうちふたつはその調査のために使おうと決めたのである。

といっても自分たちの食料もおろそかにできない。

なので一番大きな畑には小麦の種を蒔く。

寒くなる前に刈り取ればこの島の気候であれば十分間に合うはずだ。

小麦がこの地で育つことは調査団の報告書で明らかになっている。

先達の残した知恵ほどありがたいものはない。

それから残りの二反《にたん》にはできるだけ多くの作物を植えて育成状況を調べる予定である。

もちろんひとつの畑にさまざまなものを植えるとなればぎっちり詰め込む訳にもいかない。

そもそも畑の面積から考えれば収穫できる量はかなり減ってしまうだろう。

しかしそれは来年への布石となる。

何が自給できて何が自給できないのか。

それを調べるのは、国家運営にとって必要不可欠で重要な情報だ。

そのことを確かめるために一年使う。

今後何十年も続く国のためにも最初の一手を間違うわけには行かない。

この島の風土に合った作物がわかれば、来年はそれを中心に育てて余剰分は輸出に回す。

逆に合わない作物があれば輸出で得た外貨で輸入する。

輸入を安定して行うためには島外との交易路を整備する必要があるが、それはなんとかなるだろう。

いや、なんとかするのだ。

「なるほど。レスト様はそこまで考えていたのか」

僕の話を聞いてトアリウトは感心したようにそう言った。

だがその直後。

「だがどうして一年も待つ必要がある？」

彼の口から続いた言葉に、僕とキエダの二人は驚愕することになる。

「農作物などひと月もあれば収穫できるだろう？」

「えっ」

「は？」

僕とキエダは一瞬トアリウトが口にしたことが理解できず呆然としてしまう。

いや、何を言ったのかはわかっている。

ただ意味がわからなかった。

「どうした二人とも」

「えっと……ひと月もあれば収穫できるとかなんとか聞こえた気がしたんだけど」

「私の聞き間違いかと思っていましたが、レスト様もそう聞こえたのですな」

キエダがホッとしたように呟いたのが耳に入る。

彼も最近歳だから耳が遠くなってきたとかたまにぼやいているのを僕は知っている。

といっても元々地獄耳な彼のことだ。

少し聞こえが悪くなったとしてもまだ普通の人よりよっぽど耳がいいのだが。

「やっぱりキエダにもそう聞こえたんだ。ということは」

「はい。聞き間違いではなかったようですな」

だが聞き間違いじゃなかったということは――

「種を植えさえすればだいたいどんな作物でもひと月くらいで収穫できるだろ?」

驚いている僕たちの反応が心底予想外だと言わんばかりにトアリウトが再度同じことを言った。

どうやら彼は本気で作物がひと月で収穫できると思っているのだ。

「トアリウトさんはウデラウ村で畑も耕しているんだよね?」

「ああ。コーカ鳥の糞を肥料にするとよく育つからな」

そのことはコリトコから聞いて知っていた。

だからここでも鶏舎の横にコーカ鳥の糞を保存する肥料小屋を先日クラフトしたのだし。

「トアリウトさん」

「なんだ?」

「普通、農作物というのは最低でも数か月。ものによっては一年以上かかってやっと収穫できるものなんだ」

それに対するトアリウトの反応はあからさまに「何を言っているんだ?」といったもので。

もしかして僕のほうが間違っているのかと思ってしまう。

「そうなのか?」

僕の言っていることが本当なのかとトアリウトがキエダに確認するように問いかけた。

それに対しキエダは一呼吸置いて口を開く。

「普通はレスト様が仰ったとおりですぞ」

「そうなのか。しかし実際に村では――」

キエダの返答に反論をしようとしたトアリウトをキエダは手で制する。

そして僕とトアリウトの二人を交互に見てから。

「これは私の推論なのですが」

そういって話を切り出す。

「もしかするとそれはレッサーエルフの能力《スキル》なのではないでしょうか？」

「スキルだって？」

キエダのその推論には理由があった。

「冒険者時代に聞いた話なのですが」

彼がまだ冒険者をしていた頃。

エルフの森のある東大陸から来た旅人から伝え聞いたところによると、エルフ族は植物の成長を助ける能力《スキル》を持っているという。

彼らはその能力《スキル》を使うことで森を切り開くこともなく、恵みを享受しているのだと。

「ですので血が薄まったとはいえウデラウ村の人々にもその能力《スキル》が受け継がれていてもおかしくないのではと」

「植物の成長を助ける能力《スキル》……か。それならトアリウトさんが言っていたことも説明できるね」

エルフ族といえば森や自然とともに生きる種族だ。

そんな種族に神様が与えたギフトが『植物の成長を助ける能力《スキル》』なのだとしても不思議ではない。

「でもギフトって、一人ひとりそれぞれ違うはずだけど」

同じ人間同士でも神様から与えられるギフト――能力《スキル》は違う。

そしてそれは望んだからといって選べるものではないはずだ。

「それがそうでもないのです」

「そうなの？」

「王国にずっと住んでいるとなかなか知る機会もないでしょうし仕方ないこととは思いますが」

エンハンスド王国は主に人間族が支配する王国である。

一応他にも国交のあるガウラウ帝国などからやってきた獣人族などと住んではいるものの圧倒的に人間族が多い。

その獣人族も得意な力仕事を主な職業にしているせいで貴族だった僕とはあまり接点もなかった。

おかげで僕の他種族に関する認識はかなり曖昧だった。

そもそも元々は王国の辺境でのんびりと領主生活を送るつもりだったし。

王国の辺境などに他種族がやってくることは滅多にないし定住することも考えられない。

そう考えて国際的なことを勉強するための授業はサボってクラフトスキルの練習に当てていたことを今になって後悔している。

「ギフトに関しては我々など想像もできない神々の領域でございますので想像するしかございませんが」

キエダはそう前置きしてから。

「俗説では他の種族に比べて魔力も力も弱い人間族を慮《おもんぱか》って、神は多種多様なギフトを授けてくれているのだと言われておりますな」

そんな説があることを教えてくれた。

素直に言えばよくわからない。

だけどたぶん神様は、僕たち力のない人間族にさまざまな可能性を与えてくれたということなのだろう。

「あまり理解できたとは言えないけど、そのおかげで僕はこの力を手に入れることができたわけだから文句はないよ」

「これも一部の者たちの意見でしかありませんが、与えられるギフトはその人の人生にとって必要なものが与えられるのだとか」

「人生に必要なもの……か」

たしかに僕にはクラフトスキルが必要だった。

この能力《スキル》がなければ今でも僕を邪魔者だと妬む継母の元で肩身の狭い思いをしながらやりたくもない貴族教育を受け、作り笑いばかりの晩餐会や舞踏会に顔つなぎのためだけに出かける日々だっただろう。

「はい。ただその能力《スキル》を生かすも殺すもその人次第。間違った使い方をすれば間違った方向へ、正しい使い方をすれば正しい方向へ向かうことができると」

自分の能力《スキル》を過信して。

それが神様から授かっただけの借り物の力だということも忘れ。

ただ自分の欲望のために使い破滅した人の話はいくつも聞いたことがある。

もしかして自分があの家から逃げ出すために力を使ったことは、その人たちと同じなのではないだろうか。

そんな不安が心の中で首をもたげる。

「僕は正しい方向へ向かっているのかな？」

「レスト様はいつも正しい方向へ向かっております。そのことは私たちが保証しますぞ」

「ウデラウ村の一同も同じ思いだ」

それまで僕とキエダの話をじっと聞いていたトアリウトが力強い声で応える。

「レスト様の行いが間違いだというのなら、コリトコを――我々レッサーエルフを救ってくれたことも間違いになる」

「ははっ……そうだね。僕は君たちを助けたことを間違いだなんて思ってない」

そうだ。

僕はきっと正しい方向へ進んでいるはずだ。

そうじゃなきゃ僕を信じてついてきてくれたキエダたちにも、僕の領民となってくれると言ってくれたレッサーエルフやドワーフの皆も全て間違っていることになるじゃないか。

僕は自分が正しい方向へ進んでいると信じてこれからも進むしかない。

「もしかして神様はここまで見越して僕にこのギフトをくれたのかもしれないね」

そう口にしながら僕は目の前に自分の背丈ほどの建物をクラフトする。

「これはエンハンスド王国の王城ですな」

「実は学園を卒業するときに今までの訓練の総仕上げとしてこれと同じものをクラフトして学園に置いてきたんだよ」

父に連れられて何度か訪れたことのある王城。

その記憶を元に細部まで精密にクラフトした模型。

もちろん実際には中に入ることのできなかった部屋については想像だけど。

それを僕はあの日、卒業の記念としてクレイジア学園の旧校舎の前にあった今は使われていない噴水の跡地に設置してきたのである。

他にもあの学園の敷地内には今も僕が練習のためにクラフトしたものがたくさん残っている。

だけどこの王城の模型は当時の僕の全てが詰まった最高傑作だ。

僕はしばらくその姿を懐かしく眺めてから素材化を使って消し去った。

「あっ」

「勿体ないですな」

残念そうな声を上げる二人に向かって僕は笑いかける。

「ここはエンハンスド王国じゃなんだから王国の城はもういらないよね」

そして僕は二人に。

いや、僕の進む道が正しいと信じてくれた皆に向かって——

「いつかきっとこの場所に新しい城を建てよう」

そう宣言したのだった。

＊　＊　＊

「昨日作った畑についてだけど」

翌日の朝。

「コリトコやトアリウトさんたちレッサーエルフのみんなには手伝ってもらわないことに決めたよ」

朝食を終え始まった定例会議の場。

そこで僕は昨日聞いたレッサーエルフの能力《スキル》のことと、今後の予定をみんなに伝えた。

「えっと……質問なのですが？」

「何かなエストリア」

「トアリウトさんたちに手伝ってもらえば、畑の収穫量は何倍にも増すのですよね？」

「そうだよ。昨日聞いた話のとおりだとするとかなりの作物が一年で収穫できると思う」

その答えにエストリアだけでなく他の皆も首を傾げる。

「じゃあなんで手伝ってもらわねぇんだ？」

「ヴァンくん。質問は挙手してからって言ったよね」

「きょ……あーめんどくせぇな」

心底面倒そうにそっぽを向くヴァンに僕は苦笑いするしかない。

昨日わかったことなのだが、仲間の数が増えてきたせいで誰も彼もが好き勝手に喋り出すと会議が進まなくなってしまうようになっていた。

なので今日、会議を始める前に『発言したい人はまず手を上げるように』と決まりごとをひとつ加えたのである。

「たぶん皆ヴァンと同じことを聞きたいんだと思うから説明するよ。質問はその後にしてくれると助かる」

僕は昨日トアリウトとキエダの三人で話し合った内容の説明を始めた。

「僕がこの拠点の畑を作る目的はふたつあるんだ。まずひとつは純粋に食料が欲しいってこと」

この島に来た時に持って来たいろいろな食材はそろそろ尽きてしまう。

もちろん一番近い港町に近いうちに買い出しに出かけるつもりだ。

けれど僕たちが王国からすれば既に国民でなくなっていることがわかった現状では、もし何か問題が起こったときに王国軍に拘束される可能性もある。

なのであまりおおっぴらに大量の物資を買い込む訳にはいかない。

だからといって他国との交易をするにはカイエル公国はまだまったく国の体を成していない。

なので僕たちには急いである程度自給できるだけの食糧を作る必要があるわけだ。

「特にパンを作るために必要な小麦とかはウデラウ村では作ってないし、島にも自生してないらしいからね」

「だったらトアリウトのオッサンの力は絶対に必要だろ？」

面倒くさそうに右手を挙げてからヴァンが質問を口にする。

事情を知っている者たち以外はヴァンの言葉に賛同するように小さく頷いていた。

「僕の話を最後まで聞いてから質問してってって言ったよね？」

僕は皆の顔を見回してもう一度注意をする。

「わーったよ」

「わかりました」

「ふむ。説明を聞いてから考えるとするか」

「畑の仕事をしないでいいならコリトコくんはフェイルと一緒にコーカ鳥さんの世話をしまくるといいですぅ」

「えっ、それはやるけど、アグねえの仕事も残しておかなきゃだし」

「……それ、重要……」

コリトコ争奪戦というより、コーカ鳥争奪戦が起こりそうだな。

そう思いながら俺は説明を再開した。

「聞いた話だとレッサーエルフの力を使えばだいたいの作物はひと月もあれば収穫できるようになるらしいんだ」

「ひと月……そんなの信じられません――あっ、質問はあとでした」

エストリアが慌てて自分の口を両手で押さえる。

「ほほう。そんな魔法が存在するというのか」

「早すぎよぉん」

「途方もない力ですが。その力に生活鍛冶の道具が加わればもっと……」

そんなエストリアとは対照的にドワーフ三人衆は好き勝手に喋っていた。

まぁ僕に対する質問じゃないから手を上げる必要はないと思っているんだろうけども。

それに彼らの気持ちもわからないでもない。

僕だってそんなに早く農作物が育つなんて信じられないくらいなんだから。

「問題なのはその力があまりに強力すぎることなんだ。たぶん彼らに助けてもらえば楽に成果が得られてしまう」

それの何が悪いんだ。

そう言いたげなヴァンを横目に僕は説明を続ける。

「彼らの力に頼り切って、全てを委ねてしまったあとになってその力が失われてしまえばどうなるだろうって僕は考えたんだ」

ウデラウ村で聞いたレッサーエルフたちの話を思い出してほしい。

元々エルフであった彼らは、子孫が徐々に生まれなくなってきたという状況を打開するために森を出た。

目論見は一見成功したように思えた。

しかし代を重ねる度に本来のエルフとしての力は徐々に弱まり失われつつあると彼らは言った。

人間よりも遙かに長寿で強力な魔法を操ることができたはずが、今では寿命も人間と変わらずに魔法も簡単なものしか使えない。

それはエルフの血が薄まってしまったからなのか。

それとも別の理由があるのかはわからない。

だが確実にエルフとしての力は弱まり失われつつあるのは事実だ。

「だから今は畑の作物を一か月で収穫できるまでに育てることが可能でも、いつかはその力も失われてしまうと考えたんだ」

もし畑を彼らの力に頼り切ったままであったなら。

遠くない未来にこの国は食料が作れなくなり滅んでしまうかもしれない。

国にとって食料というのは命と同じ意味を持つと僕は学んだ。

だからこそ。

「この島ではどんなものが育ちやすく、どんなものが育ちにくいのかをきちんと調べる必要がある。

そのためには彼らの力だけに頼ることない農業基盤を作っておきたいんだ」

そもそも今回の畑作りの目的はそこにある。

なのに植物を育てる力を使ってしまってはその見極めができない。

「作物の育成状況を見るために始めるには今が一番良い時期だと思う。だからあの畑はその実験のために使いたいんだ」

僕はそこまで説明してからトアリウトのほうを向く。

「それにトアリウトさんたちにはあとで作る予定の農業区画を手伝ってもらうつもりだから。別に畑仕事全てに関わらないって話じゃない」

といっても農業区画にする予定の土地はまだまったく開拓していない。

やっとキエダによってある程度の調査が済んだだけである。

なのでそこを区画として壁で囲い、農地にするのはまだ先のことである。

これからやらなければならないいろいろなことを考えると夏には間に合わないかもしれない。

だけどレッサーエルフたちの力であればそれからでも十分な収穫量を得ることができるはずだ。

「というわけで何か質問があれば答えるよ」

僕は最後にそう言って話を終え、みんなの顔を見回した。

どうやら質問はないらしい。

なんとか全員から理解が得られたと心底ホッとしながら僕は腰を下ろす。

長々と説明するのは精神的にかなり疲れるものだ。

目と目の間を指でつまみ、軽く揉みながら息を吐く。

「質問じゃねぇけどよ、ひとつ提案があるんだがいいか?」

ヴァンだ。

今日の会議では、やけに彼の声を聞く気がする。

いつもは我関せずとばかりにつまらなさそうにしているだけなのに。

何か心境の変化でもあったのだろうか。

「なんだい？」

「最近俺たちずっと働き詰めだろ？」

「そうだね。建国するって決めてからやらなきゃならないことが多すぎて休んでる暇もないから」

なんだろう。

休みが欲しいとか言うつもりなのだろうか。

「それでな。皆がセカセカしてるせいで、なんだかコーカ鳥たちもピリピリしてやがんだよ」

「そうなのか？　コリトコ」

「うん。最近落ち着かないみたいで卵を産む数もちょっと減ってきたんだ」

全然気がつかなかった。

今のカイエル領においてコーカ鳥の卵というのは貴重なタンパク源である。

毎日の食卓には必ず卵料理が出るほど依存していると言っていい。

まさか将来を心配している足下で既に崩壊が起こっているとは。

「それでヴァンはその対策方法に何か心当たりがあるんだね？」

「おう、それだそれ。前々から言ってるアレだよ」

「アレ？」

何だろう。

僕が首を傾げているとヴァンは少し憤った声で強く言い放つ。

「レースだよ、レースっ！　コーカ鳥のレースをやるんだよ！」

「そういえば前からレースがしたいってヴァンは言ってたね」

「どうせ俺様が遊びたいだけだって適当に聞き流してやがったんだろ？」

そのとおりすぎて反論もできない。

「ごめんごめん。それでレースをすればコーカ鳥たちは落ち着くってのかい？」

「たぶんな」

「たぶんって」

「俺様はコリトコみたいに鳥と話ができるわけじゃねぇからよ」

ヴァンはそう言いながら頭の後ろを掻く。

「でもよ、なんとなくわかるんだよ。みんなが働いてるってのに奴ら、自分たちだけが厩舎で草喰って歩き回ってるだけなのが気に食わないみたいでな。それでストレスを溜めてるんじゃないかってな」

クロアシやトビカゲのように拠点の外の探索やドワーフたちの輸送兼護衛をしている子たちはまだいい。

だけどそれ以外のアレクトールとフランソワはあまり外に出る機会がない。

なので余計に自分たちは何もしていないと思ってしまっているのではないかとヴァンは言う。

「そのことはトアリウトさんには？」

「そういやオッサンはコリトコよりももっと鳥どもの気持ちがわかるんだったな。だったら一度厩舎に来てくんねぇか」

「それは構わんが。いいのかコリトコ?」

トアリウトは拠点に来てからもあまり鶏舎には近づかなかった。

何故かと聞くとコリトコの仕事を奪いたくないと僅かに微笑んで答えてくれたのだが。

それが仇《あだ》になった形だ。

コリトコにもトアリウトと同じ魔物と意思疎通ができる能力はあるが、それはまだ完全に開花していない。

なのでコーカ鳥の様子がおかしいことは薄々感づいていたものの、その原因まで気づくことができなかったのかもしれない。

「あっちも早く大人になってお父ちゃんみたいに立派なテイマーになりたいよ」

そう悔しそうに唇を噛むコリトコの頭を軽く撫でるトアリウトに僕は「お願いできますか?」と聞くと、彼は大きく頷いて返してくれた。

「それじゃあトアリウトさんは今日は鶏舎のほうをお願いします。それで手が空くヴァンにはギルガスさんの手伝いに回ってもらって、あとは昨日と一緒でよろしく」

それから僕はみんなの顔をもう一度見渡してから「今日も一日頑張りましょう!」と朝の会議を締めくくった。

その日の夕方。

「なるほど、つまりコーカ鳥たちもやる気満々だと?」

トアリウトからコーカ鳥たちが何を求めているのかを聞いた。

どうやらヴァンの言っていたことは本当らしい。

「自分たちの中で誰が一番早いか勝負をしたいらしい」

その内容は思っていた以上に直線的だった。

「だがあの鶏舎の庭では狭すぎて勝負にならないからもっと広くしてくれと言っていた」

そんなことを言われても、今の拠点にはあれ以上鶏舎を広げる余裕はない。

そもそもコーカ鳥たちは現在も庭の柵を飛び越して拠点内を走り回っているわけで。

広げる必要があるのか甚だ疑問だったが。

「拠点の中は人が働いている上にものが多いから全力で走れないらしいな」

「たしかにコーカ鳥たちが全力で走り回っていたら危ないもんね。彼らもきちんと力を抑えて気をつけてくれてるんだ。コリトコが躾けてくれたおかげかな」

人を背中に乗せて鶏舎の庭を暴走していたコーカ鳥たち。

だがそんな姿も最近は見なくなっていた。

それはコリトコが危険なことはしないようにと鳥たちを躾けたからだ、とエストリアからは聞いている。

心なしか自慢げなトアリウトさんの表情からすると、僕が思っていた以上にコリトコは上手くやっているようだ。

だけどそのせいで逆にコーカ鳥たちにストレスが溜まってしまったのだから生き物の飼育は難しい。

特に元々鶏舎で生まれ育った動物とは違い、今のコーカ鳥たちが生まれたのは拠点の外の森である。

だからなおさらなのだろう。

「たしかに生まれた時から鶏舎で暮らしているウデラウ村のコーカ鳥たちは、そんな要求をしてきたことはないな」

トアリウトにも初めての経験らしい。

彼ですらそうなのだから、コリトコが気づかなくても仕方がないことだったのだろう。

むしろ少しの付き合いでそのことを察したヴァンが異常なのだ。

そこはさすが元とはいえ獣人族の皇子といったところか。

「それでトアリウトさんもヴァンの言うようにレースをやったほうがいいって思う？」

「そうだな。定期的にコーカ鳥たちのストレスを発散する機会を設けてやるほうがいいだろう」

「じゃあ近いうちに開催するとして、コースとかはどうしようか」

本格的にコーカ鳥たちを走らせるとなると拠点の中だけでは無理だ。

となると拠点の周りにちゃんとしたレースコースを設定する必要がある。

僕はとりあえずそれを明日の会議の議題にすると決め、トアリウトの報告を書面にまとめる作業に取りかかったのだった。

【第二章】
コーカ鳥レースを開催しよう！

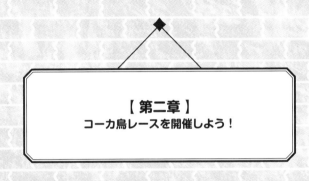

「それは俺様がやるぜ！」

翌日の朝礼会議。

昨日まとめたトアリウトの報告を皆に伝えた。

そしてレースをどう行うかについて話し合うことになった。

鳥たちには思う存分走らせてあげたい。

だけど拠点の中だけではそんなことは不可能だ。

なのでコースをどうするかという話になったとき、真っ先に手を上げたのがヴァンである。

「はいはーい！　あたしもやりたいですぅー」

一番乗り気なのはヴァンだというのはわかっていた。

なので最初から彼に任せるつもりではいたのだが。

まさかフェイルが立候補してくるとは予想外だった。

椅子から立ち上がって手を上げピョンピョン自己主張するフェイルを見て、あきれた顔でヴァンが声を上げる。

「おいおい、塀の外は魔物だって彷徨《うろつ》いてんだ。コース決めに鳥どもは一緒じゃねぇんだし、お前みたいなお子ちゃまを連れて行けるわけねぇだろ」

本来であれば拠点の外で活動するときは護衛と近寄る魔物を素早く察知して退避するためにもコーカ鳥とともに出かけることになっている。

だけど今回のコース作りにコーカ鳥たちは同伴させない。

これはヴァンが言い出したことなのだが、特定のコーカ鳥だけ連れて行くのは不公平だというのである。

「やるなら全員連れて行くしかねぇが、そういう訳にもいかねぇだろ」

現在コーカ鳥たちは僕らの拠点開発に置いて護衛役以外にも移動手段として、更に荷物の運搬役としてもファルシとともに重要な仕事を担っている。

一羽二羽なら連れて行かれても構わないが全員は困る。

「大丈夫だよぅ。あたし強いもん」

「そんな訳あるかよ」

頬を膨らませるフェイルを馬鹿にした表情で見返すヴァン。

「キエダの爺さんならともかく、お前さんみたいな子どもが魔物を相手にできるわけねぇだろうが。ったく……俺様だってずっとお守りをしてる訳にゃいかねぇんだぞ」

「むぅー」

ヴァンの言うことはもっともだ。

もしフェイルを連れて行くとなると、その護衛はヴァンがすることになる。

となるとヴァンの仕事も遅れるわけで。

「ファルシを連れて行ったらどうかなって、あっちは思うんだけど」

フェイルとヴァンが睨み合っていると、コリトコが可愛らしく手を上げてそんな提案を口にした。

そうだ、その手があった。

コーカ鳥の話ばかりしていたのと、いつもコリトコと一緒にしか行動していないという思い込みもあって忘れていたが、ファルシの実力はコーカ鳥の成獣に勝るとも劣らないものがある。

危険察知能力では及ばないが、素早さと攻撃力ではコーカ鳥以上のはずだ。

「それなら問題ないだろヴァン」

「うーん。まぁファルシがいれば安心だろうけどよぉ。お子ちゃまのお守りをするのは変わんねぇだろ？」

「お子ちゃまじゃないですぅ！　フェイルは立派な大人の女だもんっ！」

「はんっ！　大人の女ってのはなぁ。テリーヌみたいなのを言うんだよっ」

唐突にヴァンに名前を出されて驚くテリーヌと、ますます怒り出すフェイルに僕はどうすればこの場が収まるのだろうと頭が痛くなってきた。

ファルシの同行を許可すれば万事解決だと思ったのに。

「それではひとつ手合わせをしてみてはいかがですかな？」

そんななか、予想外の方向から声が上がった。

キエダである。

「えっ？　手合わせってどういう」

「言葉どおりの意味ですぞ」

他にどんな意味があるとでも言いたげにキエダが応える。

「フェイルが足手まといになるかどうか、一度模擬戦をして彼女の力を知ってもらったほうが早いと思いましてな」

その言葉に反応したのはヴァンだ。

「おいおいおい。爺さん、耄碌《もうろく》するにはまだ早いんじゃねぇのか？」

「最近物忘れが増えてきたのは自覚しておりますが、まだ耄碌した覚えはございませんぞ」

キエダは顎髭を撫でながら、いつもと変わらない様子でヴァンにそう言って。

「それでは皆さん。少しお時間をいただいてもよろしいですかな？」

と席を立つと。

「前庭で模擬戦を行うことにしましょう」

そう言い残し先に食堂を出て行った。

＊　＊　＊

「キエダの爺さんが頼むから一度だけやってやるけどよ」

気が進まないのがわかる表情のヴァンが両手を上に上げながら続ける。

「女を殴る訳にもいかねぇから俺からは手は出さねぇ。それでいいか？」

「ふむ……まぁ貴方がそれでいいのなら構いませんが」

「むぅ。後悔したって知らないですぅ」

前庭で向かい合うヴァンとフェイル。

その中央に立ったキエダが片手を上げた。

「私が『そこまで！』と言ったらすぐにお互い離れるように。では――始めっ！」

キエダの手が振り下ろされる。

同時にまず動いたのはフェイルだ。

「いっくよー！」

「なっ」

強く地面を蹴って飛び出した彼女の速度は予想外の速さで。

誰もが驚きの表情を浮かべた。

だが一番驚いていたのはヴァンだろう。

「ていっ！」

素早く近づいたフェイルが軽いかけ声とともに蹴りを放つ。

しかし、僕だったら絶対に避けられなかったそれを。

「おっと！」

ヴァンは一歩後ろに飛び退くことで避ける。

さすがの身体能力だ。

「ふーっ。危ねぇ危ねぇ。ちょいと油断しすぎちまった」

口調とは裏腹に、ヴァンの表情には以前として余裕が見える。

口元に浮かんだ笑みからもそれは明らかだ。

「でもまぁ、不意打ちの一撃すら当てられないいんじゃ、この先はもう一発も俺様の体をかすらせることもできねぇぜお嬢ちゃん」

「むうっ、馬鹿にしてぇっ。目にもの見せてやるですっ」

連打連打連打。

小柄なフェイルの体から放たれるパンチと蹴りは素人の僕から見ても早く鋭い。

たぶん普通の人間であれば避けられなかっただろう。

しかし獣人族であるヴァンにはその全てが見切られていた。

「はっ、ほっ、ふっ。当たんねぇ当たんねぇ」

挑発するようにわざとギリギリで避けるヴァン。

「そんなへなちょこパンチじゃあ魔物に襲われたらイチコロだぜ」

「なんでっ、あたんっ、ないんですかぁっ！」

じゃれついてくる子どもを構う大人。

そうとしか見えなくなった頃。

「フェイル、そろそろ本気を出してはいかがですかな。ほれっ」

僕の横で戦いを見守っていたキエダが、フェイルに向かって何かを放り投げた。

それは一本の木の棒。

「あーっ、わすれてたですぅ」

フェイルは攻撃の手を一時止めると、ヴァンから少し離れたところでキエダが投げた棒を受け取る。

木刀というよりも森の中に落ちていた枝の葉を落としただけのような。

それは武器というにはあまりに弱々しかった。

「キエダ。あれって」

「真剣ではヴァン殿の命が危ないですからな」

「いや、そういう意味じゃ……って命⁉」

ちょっと待ってほしい。

今までの戦いを見ている限り、たかだか棒きれ一本リーチが伸びたところでフェイルがヴァンの体に攻撃を当てることができそうには思えない。

なのにキエダの表情はとてもではないが冗談を言っている風には見えなくて。

「何か忘れてるって思ったですが、これでしたぁ。じゃーん！」

天高くフェイルが棒きれを掲げる。

それはまるで聖剣を手に入れた勇者――ごっこをしている子どもにしか見えない。

そういえば僕も昔、よく庭に落ちてた棒を振って遊んでたっけ。

「おいおいキエダの爺さんよ。武器はありなのかい？」

「言ってませんでしたかな？」

「ま、いいや。そんな棒きれひとつで何か変わる訳もねぇしな。ハンデだハンデ」

ヴァンはそう言ってから、今までほとんど棒立ちのままだった姿勢から初めて構えをとる。

別に本気になった訳ではないのはニヤニヤ笑いを浮かべている顔からわかる。

「で、そろそろ時間ももったいねぇし終わらせていいんだよな？」

「構わないですぞ。どちらかが気絶、もしくは降参するまでと思いましたが」

「なら一瞬で気絶させて終わらせてやんよっ」

その言葉を残した次の一瞬だった。

勝負が本当に一瞬でついてしまったのだ。

「がっ……」

苦悶の表情を浮かべ、地面に横たわったのはフェイル——ではなく。

「ヴァン!!」

「まさかっ」

「ほほう。これは驚いたな」

「あらやだ。何が起こったのかしらぁん」

白目を剥いて地面に横たわりピクピクと尻尾を痙攣《けいれん》させるヴァンと、その横で枝を振るった姿勢のままのフェイル。

それを見て誰もが目を見開いた。

もちろん僕もしばらくの間言葉を失ってその光景を信じられずにいた。

「……キエダ。説明してくれるかな」

やっとその声を絞り出せたのはどれくらい経ってからだろう。

僕は隣で「まぁまぁですな」などと呟いているキエダに問いかけた。

「フェイルは私の弟子の中でも最強の剣士でしてな」

キエダはエルだけでなく、フェイルやアグニ、驚いたことにテリーヌにも自らの技を教えようとしたらしい。

もし自分に何かあったときに母や僕を守ることができるようにと考えたそうなのだが。

しかし人には向き不向きがある。

アグニやテリーヌは戦いに関しては思った以上に不器用で、キエダは早々に諦めることになったらしい。

一方、エルは慎重な性格と冷静な判断力によって隠密として開花。

そしてフェイルは――

「あの子は天才なのです」

最初キエダはフェイルには最低限身を守れるだけの護身術を教えるだけのつもりだったという。

予想外だったのは彼女に初めて木刀を持たせたときだった。

「エルに剣を教えていた時にフェイルが『自分もやってみたい』と寄ってきましてな」

戯れに木刀を渡し、エルに軽く稽古をつけてやるようにと告げたという。

相手に怪我をさせないように手加減をする技術というものもエルには必要だ。

そう考えた彼はこの機会を利用しようとしたのだ。

もちろん本当にフェイルに怪我をさせそうになれば自分が間に入る。

そんな心づもりで。

「ですが結果は予想外のものでした」

「まさか」

「そのまさかですぞ」

キエダはその時のことを思い出すかのように細めた目でヴァンとフェイルを見つめながら。

「あの日のエルとフェイルの姿を再現したかのような景色ですな」

そう言って笑みを浮かべたのだった。

＊　＊　＊

「ったく。なんなんだよあの娘っ子は」

腹を押さえながらヴァンがフェイルを親指で示す。

少し離れた場所で剣舞らしきモノを披露して歓声を浴びている彼女の顔は笑顔に溢れ、一方のヴァンは苦虫をかみつぶしたような表情だ。

「痛てて……まだちょっと痛む」

獣人族の強靭な肉体と回復力のおかげで、しばらく休めば痛みも引くと屋敷の玄関に腰を下ろしただけでテリーヌの治療も受けずにいるヴァンだったが、まだ痛みは消えないらしい。

細く弱々しい棒きれ一本で、獣人族にここまでの痛手を負わせるなんて。

僕にはまったく見えなかったが、いったいフェイルはどんな攻撃をしたのだろうか。

「それでどういうことか教えてくれるんだろ？　爺さんよ」

ヴァンの質問は僕にではなく、隣に立つキエダに対して放たれたものだ。

「天賦《てんぷ》の才……というには些《いささか》か度が過ぎておりますかな？」

「あたりめぇだ。アレ、ギフトって奴だろ？」

ヴァンの言葉に僕はやっとそれに思い至った。

先ほど見せたフェイルの豹変。

ヴァンという獣人族の実力者をも一撃で倒す鋭い技。

それはまさしく神から与えられたギフト《ちから》としか思えない。

「明確に調べた訳ではありませんがな。何せフェイルはあのような子ですので彼女自身、自分の力についてはよくわかってないようで」

今も庭で棒を剣に見立てて滅多矢鱈に振り回すその姿からは、先ほど見せたような達人的な動きは一切感じられない。

本人は剣舞だと言い張っているが、子どもがおもちゃの剣を振り回して遊んでいるようにしか見えない。

「……しかしおそらくはギフトでしょうな」

歯切れの悪いキエダの気持ちはよくわかる。

どうやらフェイルのスキルは彼女が本気で相手を倒そうと思うか、自らの身に危険が及ぶかしないと発動しないらしい。

「それでいつもはあんな風なのか」

「左様でございますな。しかしひと度その力《スキル》が発動すれば、私とて勝てるかどうか」

「キエダの爺さんがフェイルを連れて行っても大丈夫だと言った意味が身にしみてわかったぜ」

そう言いながらゆっくりと立ち上がるヴァンの足下はまだ少しふらついていて。

僕が肩を貸そうかと尋ねると「大丈夫だ。問題ねぇ」と言い残し、彼はフェイルたちのほうへ向かっていく。

「ヴァン、もう大丈夫」

「ああ。みっともないところを姉ちゃんに見せちまった……」

駆け寄ってきたエストリアの差し出す手もヴァンはさりげなく拒否して。

その目はずっと剣舞もどきを続けているフェイルに向けられていた。

もしかして再戦でも申し込むつもりなのだろうか。

ゆっくりと近づいてくるヴァンに気がついたみんなが口々にいたわりの言葉をかける。

だけどそれはフェイルに一撃で倒された彼にとっては罵倒よりつらいのではないだろうか。

「キエダ。ヴァンに僕はなんて言葉をかけたらいいかな?」

「何も言う必要はありませんぞ」

「そうなのか？　僕はほら、戦士じゃないから戦って負けた人の気持ちはわからなくて」

「ヴァンもそのことは重々承知でしょうし気にする必要はありませんぞ。それよりも」

ヴァンの異様な様子に気がついたのだろう。

彼を囲み、声をかけていた皆が少しずつ離れていく。

「あれは覚悟を決めた男の目ですな。何者も止めることはできませんぞ」

「覚悟って、何の？」

「それはわかりませんが。決して悪いものではないことだけは伝わってきます」

フェイルから二歩ほど離れた場所でヴァンは足を止める。

演舞を止めたフェイルがキョトンとした顔でヴァンを見上げ首を傾げた。

「もう動けちゃうんです？」

「まだ痛ぇけどな」

「やっぱりテリーヌに診てもらったほうがいいんじゃないですかぁ？」

「獣人族は治療が必要な怪我かどうかはだいたい自分でわかんだよ」

「へぇー。それは羨ましいですぅ」

何だろう。

僕が予想していたのとはまったく違う普通の会話が二人の間で交わされている。

しかし、だからこそヴァンが痛みの残る体で無理矢理フェイルの元へ行った意味がわからない。

「目の色が強くなりましたな。来ますぞ」

「へ？　何が来るの？」

キエダの細められた目の見つめる先は先ほどからずっとヴァンとフェイルから動かない。

僕は慌てて意識をキエダの顔から二人へ向け。

次に放たれたヴァンの言葉に――

「よし決めた」

「？」

「お前、俺様の嫁になれ！」

「ふえっ⁉」

その場にいた人々全てが絶句した。

突然のプロポーズ宣言に誰もが唖然としてヴァンを見ている。

いや、ただ一人。

エストリアだけは平然としている。

もしかして獣人族としてこういった告白は当たり前の行為なのだろうか。

「結婚するぞ。いいな？」

「えっ……ぜーったい嫌ですぅ」

だが現実は残酷だ。

あっさりとフェイルはヴァンからのプロポーズを断ってしまった。

いや、普通は断るか。

でも絶対嫌とか言いすぎなのではないだろうか。

そんなことを言われたら僕なら立ち直れない。

「どうしてだ？」

「貴方が弱いからじゃないかしら」

断られたことがまったく理解できないといった表情のヴァンに答えたのは、フェイルではなくエストリアだった。

「自分より弱い男に女の子は惹かれないものですよ」

何故だろう。

エストリアの言葉に僕の胸に一瞬痛みが走った。

「そ、そうなのか。いや、でも今のは油断していただけで本気を出せば俺様のほうが……そうだ、結婚を懸けてもう一度勝負を――」

「違うですぅ」

姉弟の会話にフェイルが割り込む。

「ヴァンはあたしの趣味じゃないってだけですぅ」

「なっ……」

「それにぃ、あたしはどちらかというと守ってあげたいほうなんでぇ」

チラチラとフェイルの目がコリトコに向けられているのを見ると答えは明白だ。

どうやらフェイルはコリトコのことが気になっているらしい。

前々からよく構っているなとは思っていたが、そういうことだったのか。

「あとモフモフはもう間に合ってますですぅ」

「もっ、モフモフだとっ」

「あたしにはふわふわモフモフなファルシもコーカ鳥ちゃんたちもいるですぅ」

たしかにフェイルがファルシやコーカ鳥たちの毛に埋もれるように昼寝をしているのをよく見かける。

「それに比べてヴァンの毛は硬くて好みじゃないですしぃ」

絶句するヴァンに「ごめんなさいですぅ」とフェイルはちょこんと頭を下げる。

そしてトコトコと僕のほうへ歩いてくると僕――ではなくキエダに可愛く頭を下げて「師匠ぉー、これでいいですかぁ？」と微笑んだ。

「先ほどの戦いは見事でしたぞ」

「えへへー」

嬉しそうにピョンピョン跳ねる少女の姿からは、一撃で獣人族の男を倒した先ほどの出来事は想像できない。

ふと僕は彼女の手に握られた枝に目を向ける。

どこにでも落ちてそうな木の枝だ。

とてもではないが、そんなものでは獣人族どころかひ弱な僕ですら倒せそうにない。

「フェイル。その枝、ちょっと貸してくれる？」

「いいですよぉ」

フェイルから受け取った枝をしげしげと眺めるがやはり普通の枝だ。

端と端を持って少し曲げてみると。

ぽきっ。

「あっ……ごめんフェイル。折っちゃった」

僕の力ですら簡単に折れてしまう。

こんなものでは誰が使っても相手に与えられるのは小さな痛みだけだろう。

「別に謝ってもらわなくてもいいですよぅ。またそこらで拾ってくればいいだけですしぃ」

「それだよ」

「どれですぅ？」

「こんな枝で、どうしてヴァンを倒せたのかって不思議なんだ」

「うーん……わかんないですぅ」

本当にわかってない顔で首を傾げるフェイルを見て僕は理解した。

キエダの言っていたとおり、彼女は自分のギフトについて何もわかっていないのだと。

僕は今までギフトというのは授かった直後に使い方も自然にわかるものばかりだと思っていた。

実際に僕が知る限りではギフト持ちは大抵そうだった。

だけど例外が今、目の前にいる。

「そっか。じゃあ仕方ないな」

もしかしたら。

そう、もしかしたらフェイルのような人は他にもこの世界にはたくさんいるのかもしれない。

今までギフトは一部の人間だけが授かるものだと考えられていた。

だけど本当はそうじゃないのではなかろうか。

誰もがギフトを授かっているのに、使い方がわからないまま眠らせている。

そんな可能性を僕はフェイルに見出してしまった。

「ところでよかったのかい？」

「何がです？」

「ヴァンのプロポーズを断ってさ。アレでも大国の元皇子だぞ」

広場に棒立ちのままのヴァンが少し哀れだ。

もちろん誰を選ぶのかはフェイルの自由なんだけど。

「あたしモフモフは大好きですけどぉ、毛深い人は苦手ですぅ」

僕の横でキエダが咽《む》せた。

彼も髭を生やしているし胸毛も濃いタイプなので自分のことを言われたように聞こえたのかもしれない。

「毛深……そりゃヴァンは獣度の高い獣人だから仕方ないだろ」

「それに年上の人って苦手ですしぃ」

げふんげふん。

隣のキエダに更なる追い打ちが決まる。

だけど年上とひと括りにされると僕だってその範疇に入るんだけど。

とにもかくにもフェイルがヴァンのプロポーズを断った理由はわかった。

これはヴァンに望みはなさそうだ。

「そうか、わかった。それじゃあヴァンには諦めるように言うよ」

「お願いしますですぅ。それとぉ」

「コーカ鳥レースのコースのほうもフェイルに任せるよ。まぁ思いっきり振られたあとだし、ヴァンは行けないかもしれないけど」

「あたし一人でも平気ですぅ」

「いくらフェイルが強くても、それは剣を持ったときだけだろうし心配だな。もしヴァンが駄目だったらキエダにでも一緒に行ってもらうよ」

「ふむ……それでも構いませんが」

キエダの視線が僕の背後に向けられ。

「俺様なら大丈夫だぜ」

「ヴァン!?」

後ろから覆い被さるように肩を組んできたのは、振られて落ち込んでいるはずのヴァンだった。

顔と首元に突き刺さる毛が少し痛い。

たしかに彼の毛はコーカ鳥たちの羽や、ファルシに比べて硬いことを実感していると。

「あたしはちゃんと断ったですよぉ」

「そうだ。お前は俺様のプロポーズを断った。ここまで徹底的に断られたのは初めてだったからちょっとだけ呆けちまったぜ」

がははと笑うヴァンは、とても振られたばかりとは思えないほど快活だった。

しかも目の前に振られた相手がいるというのにだ。

僕だったら三日三晩は引き籠もる自信がある。

「なんでだろうな。俺様が結婚してくれって頼むとみんな断るんだよな」

どうやらヴァンの奇行は今回だけじゃなかったらしい。

獣人族のプロポーズってああいうものなのかと思っていたが、やはりヴァンだけなのかもしれない。

「まぁ、断られたモンは仕方ねぇ。俺より強い女なんて姉ちゃん以外じゃ初めてだったからよ。こいつを嫁にしてぇって思っちまって告らずにいられなかったんだ」

それは獣人族の血なのか。

それともヴァンの性格なのか。

前者であってくれと僕は願う。

獣人族全てがヴァンのような価値観だったらあの国と交易を結ぶのが怖くなってしまう。

それに――

僕は広場からこちらの様子を興味深げにみて何やら話している仲間たちに目を向ける。

自然と僕の視線は頭の丸い耳をピコピコと揺らしているエストリアに行ってしまった。

ヴァンによれば彼女は彼よりも強いらしい。

だとすると。

「なぁヴァン」

「ああん？」

「獣人族って自分より強い相手としか結婚……いや、なんでもない」

自然と口から溢れた質問に僕自身が戸惑っていると。

「ふーん」

僕の肩から離れたヴァンが興味深そうな目を向ける。

そして猫系の口元にからかうような嫌な笑いを浮かべながら。

「安心しなレスト。獣人族だって普通、一番の判断基準は自分が相手を好きかどうかだ。その次に相手が自分を好きかどうか。自分より強いからって誰彼構わずプロポーズなんてしねぇよ」

「安心って、僕はただ興味本位で聞いただけで」

「じゃあそういうことにしといてやらぁ」

微妙に苛立つ笑い方をしながらヴァンが僕の腕を軽く叩く。

「まぁ、俺様は強い女に惹かれるから、今までも負けた相手には全員プロポーズしてきたがよ」

とんでもないことをさらりと言うヴァンの後ろで、フェイルがあからさまに軽蔑の視線を彼に向けている。

別に好きでも何でもないが、自分より強かったからプロポーズしたと言われて気分がよくなる女性はいないだろう。

「いや。もちろん俺様だって嫌いな相手にはプロポーズなんてしねぇけどよ。フェイルだって可愛いと少しは思ってたし」

背後からの殺気に気がついたヴァンが焦りながらフォローの言葉を並べる。

そんな雑な言葉でもフェイルからの殺気が消えたのは彼女が本気で怒ってはいなかったからだろうか。

「でもよ。俺様はレストが姉ちゃんより弱いなんて思っちゃいねぇぜ」

「ど、どうしてそこでエストリアの話が出てくるんだよ」

ぼりぼりと頭を掻くヴァンを見ながら僕は内心かなり焦っていた。

自分でも何故こんなに焦っているのかわからないほどに。

「……ったく、めんどくせぇな」

そんな僕の内心を知ってか知らずか。

「お前、姉ちゃんが好きなんだろ？」

ヴァンの口から決定的なひと言が放たれた。

「見てりゃわかるぜ」

いつになく真剣なヴァンの瞳に僕はすぐに言葉を返すことができなかった。

それは恥ずかしかったからではない。

本当に。

ただ本当に僕は自分の気持ちがわからなかったからだ。

「……わからないんだ」

だから僕は素直にヴァンにそう答えるしかなかった。

「わからねぇか。まぁ、レストは意外にお子ちゃまだからな」

「うっ……」

否定できない。

貴族社会というのはあまりに恋愛とは縁遠い世界だった。

結婚相手も他人が決めるのが当たり前で、母も自分の意志でダイン家にやって来た訳ではないと聞いている。

だから僕にはそういったことがいまいち実感できない。

それもあってエストリアに感じているこの気持ちがどういうものなのか。

改めて聞かれると困ってしまう。

「それならそれで構わねぇけどよ。まぁ、安心しろ」

「何をさ」

「姉ちゃんは獣人族だから、そりゃ強い男が好きだとは思うけどよ」

細身の見かけと違って、僕が持ち上げられないような荷物も軽々と持ち歩く。

コーカ鳥の上に僕を引き上げてくれるときも片手で軽々と持ち上げてくれる。

そんなエストリアから見て僕はきっと強い男ではないだろうという自覚はある。

「だけどまぁ、姉ちゃんはそんなところだけで人を選ばねぇし……それに」

「それに？」

「さっきも言ったけどな。そもそもレストは姉ちゃんより強いと俺様は思ってるんだぜ」

僕が強い？

いろんな人に助けられて生きてきた僕が？

「だってよ。あの入り江のときだって、あんなトンデモねぇ波を一瞬で防いじまったんだぜ。あんなことできる奴なんて他に見たことねぇよ」

「それは僕がクラフトスキルを使えるからで」

「だったら俺様たちだって獣人族だから力が強いってだけだ。本質はその力をどう使うかだぜ」

ヴァンはキエダと話をしているフェイルをチラリと見て言葉を続ける。

「フェイルだって力だけなら俺様のほうが遥かに上だ。これは間違いねぇ。でも俺は負けた」

「それはヴァンが油断してたからじゃないか？」

「いいや。たぶん十回戦ったら八回は負けるだろうな。それくらいアイツは強い。そしてお前も同じくらい強いって俺様は思っているんだがな」

そしてヴァンはまた僕の肩に手を回し僕にだけ聞こえるように言った。

「てなわけで姉ちゃんのことは任せたぜレスト」

「そんなこと言われても」

「まだ決心がつかねぇか？　まぁ、今まで恋もしたことがないんならしゃーねぇか」

軽く僕の肩を叩きながらヴァンが離れる。

反論したいが本当のことなので何も言い返せない。

「さて、俺様はこれからフェイルとレースコースの打ち合わせでもしてくるぜ」

「まだ朝の会議の途中だったんだけど」

「まだ何か話すこととか決めることとかあんのか？」

言われて見ると特にない。

今日の主題はコーカ鳥たちへの対応だけで、それ以外は昨日と同じ仕事を皆がするだけである。

「特にないかな。拠点の拡張をするにはまだ早すぎるし、僕が呼んだ人たちもまだ島に来てないから急いでやることもほとんどないんだよね」

「そんじゃみんなにもそう言っといてやらぁ」

ヴァンはそう言い残すとフェイルに「あとで鶏舎に行く」と言い残して庭で話をしている皆の元へ駆けていく。

僕はその背中を見送りながら思った。

「僕はエストリアに恋をしているのだろうか」

たしかにエストリアと話をしたり、一緒に星を見たり川へ出かけたりするのは楽しい。

それはきっと彼女が僕の話を嬉しそうに聞いてくれるからだと思っていた。

だけどそうじゃないことに気づいた。

気づかされてしまった。

「そっか、エストリアと一緒だったから楽しいのか」

一度意識してしまうともう駄目だった。

僕は前庭で話をしているエストリアから目が離せなくなってしまう。

「ではフェイル。くれぐれも油断しないように、外に出るときは帯刀を忘れないようにするのですぞ」

「わかりましたですぅ」

「フェイル用の剣は私の手持ちの中から扱いやすそうなものを一本用意しておきますからな。夕飯のあとにでも渡しますぞ」

隣の二人の会話も上の空で。

キエダから声をかけられるまでずっと、僕はエストリアを目で追い続けていたのだった。

＊　＊　＊

フェイルとヴァンの模擬戦から数日経った。

コーカ鳥レースについては二人に任せ。

僕は時折伝えられる報告を確認しつつ、必要なものをドワーフたちに頼んだりクラフトしたりするだけの役割に徹していた。

検証を兼ねるためにさまざまな農作物を作る予定の畑も既に種植えは終え、あとは経過を観察するだけである。

その役割は僕とエストリアが担当することになった。

何故かというと手の空いている者が他にいなかったからである。

コーカ鳥の世話のあるトアリウトは村へ帰り、代わりにウデラウ村から数人の若者が移住して来てくれてはいたが、畑については彼らの手を借りることはできない。

そして彼らには近い将来拡張予定の農業エリアを担当してもらうという重要な役割がある。

しかしまだそちらの区画は作っていないので別の仕事をしてもらわなければならなかった。

なのでそれまではこの拠点と、ここに住む皆との生活に慣れてもらうために雑事をしてもらうことにした。

雑事というと聞こえは悪いが、今まで村人との交流しか経験のない彼らが鍛冶工房や鶏舎、そして星見の塔に領主館といった現在ある主要施設全てに関わり、そこで働いている皆との交流を経験するという意味では非常に有益な仕事だと僕は思う。

四人の若者はそれぞれ婚約者同士。

そういう訳で僕は彼らの家を住宅街予定地に、二人に一軒ずつ作ることを許可した。

家についてはドワーフたちと相談して、彼らに建築してもらうようにと言ってあるので、時々雑事の傍らドワーフたちに相談している姿を見かける。

このことについてはキエダたちと相談して決まったことで、トアリウトも了承済みである。

全部を僕がクラフトするというのは街が大きくなっていくに連れて不可能になっていくだろう。

だったら今からそうなったときのことを考えて、基本的な技術を持つドワーフたちにまず経験しておいてもらったほうがいいと考えたからだ。

それにドワーフたちも水路工事という大工事が一段落して手が空いていたというのもある。

何せ三人もいるのだ。

家一軒まるごと内装も含めて彼らに任せても問題ないだろう。

それに必要であれば僕やギルガスが手助けすればいい。

だがその程度のものなら弟子たちならすぐに作り上げてしまうだろうから、手助けなんて要らないだろうとギルガスは言っていたけども。

ならばと僕はドワーフたちに別の仕事もお願いすることにした。

それは炭作りだ。

トアリウトから聞いた話によると、この島の冬はそれほど寒くはならないらしい。

しかしそれでも時々雪が積もることもあるという。

となるとそんな日を見越して燃料の備蓄も必要だろうと僕は判断した。

どちらにせよドワーフたち自身も鍛冶場で大量に燃料は使うので、炭焼き小屋を作るのは必然の流れでもあったのだけど。

炭焼き小屋の場所は拠点の南東の端で、他の建物からはなるべく離す予定だ。

何せ炭を作る時にはかなりの煙が出る上に火事の危険もある。

建物自体は僕が収納している石を材料にして作るので心配はないと思うが、それでも常に火を扱う場所なので用心するに越したことはない。

ちなみに目の前まで水路から水も引くので、何かあってもすぐに消火活動ができるようにするつもりだ。

材料の木材については、今のところ僕が素材化で収納してある大量の木を使うことになっているが、いずれ人口が増えたら木こりを割り当てて、その人たちの仕事にするつもりだ。

「僕がいなくなっても誰も困らない国にしたいからね」

恒例の朝会議で皆に向かってそう言った時も最初は微妙な反応をされたっけ。

そんなことを思い出しながら畑をひとつひとつ回って作物の成長を記録して回る。

「あっ、レスト様。見てください、この辺りはもう芽が出てますよ」

「そこは……キャロリアの種を蒔いたところだね。記録しておくよ」

僕は手にしたノートから目を上げずに記録を書き留める。

「それじゃあ次に行こうか」

「はい。次はキャベの種を植えたはずですけど……」

しゃがみ込み真剣な表情で土の表面を見ているエストリア。

僕の視線は畑ではなく、そんな彼女の横顔ばかりにいってしまう。

「っと。いけない、いけない」

あの日以来僕はエストリアを変に意識してしまうようになっていた。

それもこれもヴァンのせいだ。

今まで僕はいったいどういう風にエストリアと接してきたのか思い出せない。

それほどまでに僕の中の意識が変わってしまったのである。

「どうかしましたか？」

見上げるように僕を見るエストリアから慌てて目線をそらす。

「いや、なんでもないよ。ただキャベはキャロよりも成長が遅いから、今はまだ芽が出てなくても問題ないんじゃないかなってね」

「そうなんですね。私はあまり野菜については詳しくないので……。いつもいつもレスト様の知識の多さには驚いちゃいます」

「本で勉強しただけで実際に育てたことも農家に視察に行ったこともないけどね。こういう土壌ならこういう作物が育ちやすいという知識を知ってるだけだよ」

エストリアに誉められたことが嬉しくて、ついにやけてしまいそうになるのを必死で堪える。

意識する前は誉められても自然に「ありがとう」と返せたのに。

「レスト様。お願いがあるのですけど」

「お願い？」

ひと通り畑の記録を取り終えた午後。

館に戻る道すがらエストリアが僕にそう話しかけてきた。

「はい。最近レスト様と前みたいに星見の塔で星を見たり、川へ遊びに行ったりしてないなって」

「い、忙しかったからね。いろいろと」

少し挙動不審になりながら僕は返事をする。

だが本当の理由は違う。

ただ単にエストリアとの距離感が摑めなくなってしまったせいもあって、二人きりの時間をついつい避けてしまっていたのだ。

「よろしければ今夜また星見の塔に登って星を見ませんか？」

今までであれば一も二もなく即答しただろう。

だけど僕は一瞬その答えを悩んでしまった。

「駄目……ですか……」

横を歩くエストリアの可愛らしい耳がへにゃりと倒れる。

「駄目じゃ……ない。ちょっと空の様子を見てから返事しようと思ったんだ」

嘘だ。

最近は以前に比べてこの辺りの空はずいぶん曇りがなくなってきている。

たぶん気候の変化なのだろうがけど、以前はうっすらと靄のかかったような日が多かったが今日は夜空も綺麗に見えそうな天気だった。

「それじゃあ今夜、夕飯を食べ終わってお風呂に入ってからファルシに頼んで連れていってもらおうか」

「はい。楽しみにしていますね」

へにゃりとしていた耳が元気に跳ねる。

眩しいばかりの笑みを浮かべたエストリアの顔。

それを僕はやっぱり直視できずに目をそらしてしまう。

こんな調子で今夜、星なんて見ていられるのだろうか。

そんな不安を抱えつつ。

それでもエストリアがこんなに喜んでくれることに心を満たされ、僕は彼女と二人で屋敷へ戻った。

それから記録を整理したり、みんなから上がってきた報告を確認したりしていると、あっという間に夕ご飯の時間になっていた。

鶏舎から戻ってきたコリトコにファルシを貸してほしいと頼んでから、みんなと一緒に夕食を済ます。

トアリウトの代わりにやって来たレッサーエルフの四人も、最初の頃よりずいぶん馴染んでいるようで、夕食の席は和気藹々《わきあいあい》とした空気が流れていた。

そんな中でも僕の視線はついついエストリアに行ってしまう。

「よぉレスト」

「なんだよヴァン」

「聞いたぜ。今日これから星見の塔でデートなんだろ？」

夕食後、ニヤニヤとそんなことを言いながら近寄ってきたヴァンを僕は少し恨みの籠もった目で睨む。

元はと言えばヴァンが余計なことを言ったせいで、僕はエストリアをとことん意識してしまうようになったのだ。

殴りたい。

「まぁ、せいぜい頑張れや」

「何をだよ。だいたいヴァンが余計なことを言ったせいで――」

無責任にそう言い放つヴァンに僕は食ってかかろうとしたが。

「ああ、そうだ。レースコースはあと三日もあれば出来上がるってそれを言いに来ただけだった」

結局ヴァンはそれだけ言い残してさっさとどこかへ行ってしまう。

ならレースコースのことだけ言えばいいのにと思っていると。

「……レスト様、これを」

今度はアグニが小さめのバスケットをひとつ持ってやって来た。

何だろうと僕は彼女に聞いてみると。

「えっと、これは？」

「……エストリア様と一緒に食べてもらうために作った最新作のおやつ。……あとお茶も入れてあるのでゆっくり楽しんできてください」

おかしい。

僕は今夜のことは誰にも言ってないはずなのに。

「今夜のことを誰に聞いたんだい？」

情報の出所を探るべく、アグニに尋ねる。

「……エストリア様からですが？」

なるほど。

そういえばエストリアには別に口止めした訳じゃないし、今までだって内緒で出かけたことなんてないのだから当たり前か。

というかむしろ屋敷の皆に黙ってこっそり出て行こうと考えていた僕がおかしかったのだろう。

無断で出かけた後に僕がいないことに誰かが気がついたら、もしかすると大騒ぎになってしまっていたかもしれない。

「そうか。いつもありがとうアグニ」

お礼を言いつつバスケットを受け取る。

「……飲み物が入っているので少し重いですよ」

「これくらい平気さ」

受け取ったバスケットはアグニが言うほど重くはない。

いったいアグニは僕をどれだけひ弱だと思っているのだろうとバスケットの中を覗き込む。

水筒がひとつとおやつが入っている箱がひとつ。

後はファルシ用のおやつが入った小袋と二人分のコップや小皿が入っていた。

「……ご武運を」

僕の耳に小さくそんな言葉が聞こえた。

「今なんて？」

そのひと言にハッと顔を上げる。

だが既にアグニはいつもの無表情でキッチンに戻っていくところだった。

素早い。

「ま、まぁとにかくこれで準備は整ったな」

僕がバスケットを持って食堂から出るために出口のほうを向くと。

「レスト様、先にお風呂頂きますね」

エストリアが出口のところに立っていた。

どうやら今から風呂に行くらしい。

食べてすぐ風呂とか大丈夫なのだろうか。

そんな彼女に僕はバスケットを軽く持ち上げて見せた。

それだけで彼女には伝わったらしい。

嬉しそうに微笑み「レスト様も準備してくださいね」とだけ言い残し去っていった。

「そうだな。僕もひと休みしてから風呂に行くか」

今日も一日外で働いていた。

畑だけでなく拠点を巡って皆の様子を見て回ると、それだけでかなり汚れてしまう。

だから一旦風呂に入ってから出かけようとエストリアと話してあった。

今の季節ならまだ風呂上がりに出かけても風邪は引かないだろうし問題ない。

「それじゃ、あとは頼んだよ」

「はい、お任せください」

「レスト様、私は信じておりますぞ」

いつの間にか既に食堂に残っているのはテーブルを片づけているテリーヌと、広いテーブルの上で何やら設計図らしきものを広げているキエダだけとなっていた。

フェイルは真っ先に風呂に向かったし、アグニはキッチンの中で洗い物をしている。

彼らは今夜のことを知っているのだろう。

しかしキエダはいったい僕が何をすると思っているのだろうか。

気になったが聞いてはいけない気がして、僕は軽く手を振って食堂を後にした。

＊＊＊

「ファルシ、ご苦労様。これでも食べて休んでいてくれ」

「いつもありがとうございます、ファルシさん」

『わふんっ』

星見の塔の頂上。

千切れんばかりに尻尾を振るファルシに、アグニが準備してくれていたファルシ用おやつと水を用意してから僕らは部屋の中央に移動した。

「お茶でも飲む？」

「喉はまだそれほど渇いてないので大丈夫です」

バスケットから水筒とコップ、アグニの新作菓子を取り出しテーブルの上に置く。

今回はマフィンのようで、よくもまぁ今残っている材料だけでこんなものが作れると感心してしまった。

「そっか、それじゃあ……」

あれ？

いつもはどうしてたっけ？

「外に出ましょうか」

「あ、ああ。そうだね。そうしよう」

星見の塔の内部は定期的に僕が手を加えて改装を続けている。

エストリアが誘ってくれたのは、頂上の部屋をぐるっと囲むように二メルほど外側へ拡張したテラスである。

そこからだと屋根に邪魔されず綺麗な星空を見ることができる。

実は更に屋根の上に特等席もあるのだが、僕以外は誰も登りたがらない。

何故だろうか。

「椅子は僕が持っていくよ」

「大丈夫ですか？」

「これくらいは大丈夫さ」

先日のヴァンの件もあって少しは強さを見せたいと思っている僕は、部屋の中から椅子をふたつ引きずるようにテラスへ持ち出した。

別に部屋の中の椅子を持っていかなくともクラフトスキルで作ればいいのだけど、それは何か違う気がする。

「こ、ここらへんでいいかな」

「はい。ここなら星もよく見えますね」

僅かばかり空を見上げやすいように傾くように作られたその椅子に二人で並んで座る。

見上げた空は初めてこの地を訪れたときよりも澄んでいて星が瞬いていた。

最近ずっと落ち着かなかった僕の心も、星の輝きとともに落ち着きを取り戻して行くような気がする。

「ここから見る星は、いつ見ても綺麗ですね」

「そうだね。綺麗だ」

時々聞こえる動物の鳴き声や木々のざわめきはあるものの、基本的にこの島の夜は静かだ。

特に地上から遙か高いこの塔の天辺までは地上の雑音はあまり届かない。

それもあって自然と心が落ち着いていくのだ。

「今日も面白い星の話をしてくださるのでしょう？」

「前に来たときからずいぶん経っているから、どの星の話がいいか迷うね」

星のおかげで僕は以前のようにエストリアと自然に話をすることができるようになっていた。

不思議だけど、それが星の持つ力なのかもしれない。

「じゃあ新しく見えるようになったあの星たちが描いている星座の話をしようか」

古《いにしえ》の人たちが紡いできた星の神話が僕は好きだった。

空の彼方に浮かぶ星を見て彼らが紡ぎ出したそれは、何者にも縛られていない自由な発想の宝庫だった。

あまりに自由すぎて理解できないものも多くあるけれど。

それも含めて僕は星の話に夢中になって、内緒でキエダに買ってきてもらった星座の本を擦り切れるほど読んでは夜中に屋敷の庭に出て空を眺めていた。

「あの星というと、あっちにある赤い星と黄色い星でしょうか？」

「そう。それとその上にあるちょっと小さな三つの星を結んでできる星座の話さ」

「なんていう名前の星座なのですか?」

「名前は『飛牛座』っていってね。空を飛ぶ牛を象《かたど》った星座なんだ」

「牛さんが空を飛ぶんですか?」

「ああ。面白いだろ」

不思議そうに首を傾げるエストリアを見て僕はなんだか楽しくなってきた。

「それじゃあ今から『飛牛座』のお話をしようか」

そして僕は語り出す。

空に浮かぶ三つの星を見て、昔の人たちが想像した物語を。

＊　＊　＊

飛牛座の物語

遙か昔。

世界の端にある島に一頭の牡牛が生まれました。

断崖絶壁に囲まれた島の上で牡牛は何不自由なく育ちます。

その島は緑に覆われ季候もよく、牛にとっての外敵もいない楽園でした。

しかし牡牛には悩みがありました。

それは毎晩眠る度に見る夢のことです。

夢の中での彼は島の上を飛ぶ鳥たちと一緒に自由に空を駆けていました。

そして決まって最後は遙か空の上に浮かぶ雲を突き抜けたところで目が覚めてしまうのです。

あの場所には何があるのだろう。

ボクはそれを知らないから夢でさえあの場所にたどり着けないんだ。

断崖絶壁で囲まれた島から抜け出すには夢のように、あの鳥たちと一緒に空を飛ぶしかありません。

ですがただの牛である彼には空を飛ぶことは不可能。

結局は遙か彼方の地に思いを馳せる日々を過ごすしかなかったのです。

「ボクにもあの鳥のような翼があれば飛べるのに」

そんな呟きを他の牛たちはあざ笑いました。

「牛が空を飛べる訳がないだろ」

「羽が生えてたってすぐに落ちて死んでしまうよ」

だけどただ一頭だけ他の牛たちと違うことを言う者がいました。

「やってみなきゃわからないだろう。こいつはずっと空を飛ぶ夢を見続けているんだ。きっとそれには意味があるはずさ」

その牛は彼が唯一自分の夢のことを話した親友でした。

「見てろよ。きっと飛んでみせるから」

親友の言葉に背を押されるように牡牛は断崖絶壁へと向かいます。

下を見ると波しぶきを上げるゴツゴツした岩が見えて、落ちたら死んでしまうことは間違いないでしょう。

それでも牡牛は飛べると信じました。

今まで何度もその崖から飛び立とうとしては諦めてきた牡牛は、親友の言葉を胸に今度こそと助走をつけ一気に空へ飛び出したのです。

誰もが牡牛がそのまま崖下に叩きつけられると思いました。

ただ一頭、彼が飛べると信じた親友だけを除いて。

しかし牡牛はそのまま牛たちの視界から消えてしまいます。

誰もが落ちたとそう思った時でした。

崖の下から牡牛がまるで空中を駆けるように空へ向かって飛び出したのです。

「やったぞ。飛べた。ボクはこれで自由にどこにだって行けるぞ！」

そう叫んで唖然として見上げる牛たちの上を数回回り、親友との別れを済ませると牡牛はそのまま更に上へ上へと駆け上がっていきます。

そして夢にまで見た雲を抜け牡牛はいつしか星の世界にたどり着きました。

自由に空を飛ぶ力を手に入れた彼はそうしていくつかの星を巡り、その軌跡を繋いだものが飛牛座と呼ばれる星座となったのです。

＊　＊　＊

「空を飛ぶ牛なんて面白いことを考えた人って、どんな人なんでしょうね」

「きっと夢見がちな人だったんじゃないかな。でも僕はそういう人の話が好きなんだ」

星座の話は不思議と悲劇が多い。

なので飛牛座のような明るい話は貴重で、だからこそ印象に強く残っていた。

「でも誰だって空を自由に飛べたらって一度は考えたことあると思いますよ」

エストリアは少しだけ何かを思い出すような表情を浮かべてそう呟く。

もしかすると以前聞いたことがあるカンコ鳥のことだろうか。

「でも、そんな自由を求めた牛さんも今は星になってずっとあそこにいるんですよね」

エストリアの言葉を聞いて僕はそのことに初めて気がついた。

自由を得たはずの牛は星座として自由を奪われ、ずっとあの場所にいるしかなくなってしまったのだと。

「もう十分に飛んだから休んでいるのかもしれないね」

「じゃあまたいつかどこかへ自由に飛んでいきますね、きっと」

「そうだね。きっとそうだよ」

事実として星はずっと同じ場所にある訳ではない。

今見える星も長い月日が経てばそれぞれ場所を変えて星座としての形を保てなくなっていく。

だからその時には牛はまた自由にどこかへ飛んで行くに違いない。

「……よかった……」

「そんなに牛が心配だった？」

「違います」

どうやら僕の質問は的外れだったようで。

エストリアは可愛らしく頬を膨らませると耳を揺らして僕のほうを向き。

「レスト様のことです」

と言った。

「え？　僕？」

「そうです。最近レスト様の様子がおかしくて……みんなにはいつもと変わらないのに私にだけ……」

エストリアの瞳が揺らぐ。

「私、何かレスト様に嫌われるようなことをしてしまったのかと、ずっと……」

「僕が君のことを嫌う訳ないじゃないか」

彼女の瞳にうっすらと涙が浮かびかけるのを遮るように僕は強く彼女の言葉を否定する。

だけどどう答えればいい。

「それじゃあどうして」

身を乗り出し問いかけてくるエストリアの顔に不安が見て取れる。

このまま適当に誤魔化すのは彼女のためにも。

そして僕のためにもよくない未来しか生み出さない。

「ちょっと前にヴァンがフェイルにプロポーズした時にさ」

僕はエストリアを変に意識し始めたあの日のことを語り始める。

「君が『自分より弱い男には惹かれない』って言ってたのを覚えているかい？」

「私がですか？」

「ああ。フェイルにプロポーズを断られたヴァンに、君がそう言ったんだ」

だから僕は不安になった。

エストリアから見て、僕は強い男ではないことを自覚していたから。

元とはいえ一国の姫の目から見て僕は為政者としても男としても頼りなく見えているのではないかと。

「そんなことは……」

「それだけじゃないんだ。あの後にヴァンが僕のところにやって来ただろ？」

「何か話していたのは覚えてます」

「あの時にヴァンに言われたんだよ。僕が君を好きなんじゃないかって」

「えっ⁉」

僕はあの日、ヴァンと話したことをエストリアに語った。

ヴァンに言われて彼女のことを変に意識するようになったこと。

強いものに惹かれると言った彼女に自分の弱さを見せたくなくて避けてしまったこと。

そしてそれが恋かどうかまだ僕にはわからないということも全てだ。

「あ……えっと……その……あの……」

話の最中、エストリアは顔を赤くしたり青くしたり。

手を忙しなく動かし、それ以上に激しく頭の上の耳を動かしたりしている。

星を見て星座の話を語ったおかげだろうか。

落ち着きを取り戻していた僕とは正反対に、エストリアは落ち着きをなくしていった。

「だから今日も二人っきりで星を見たいって言われたとき、すぐに返事ができなかったんだ」

「そう……だったのですね」

「でも迷っているうちに君にあんな哀しい顔をさせてしまったから……だから決心したんだ」

僕は椅子から立ち上がると、いつの間にか天高く昇った飛牛座を見上げて。

「僕が悩んでいたことを。それが僕の弱さを見せることだとしても君に正直に伝えようって」

「……」

今、エストリアがどんな表情をしているのか確かめるのが怖い。

自分より弱い人には惹かれないと言った彼女の言葉は嘘ではないと思う。

「といっても星を見るまでは迷っていたんだけどね」

エストリアの顔を見るのが怖くて僕は夜空を見上げながらそう口にする。

「でも今は不思議と落ち着いて話すことができているよ」

だけどヴァンは強さは力だけじゃないと、そして僕は強いと言ってくれた。

自分自身にはわからない何かに僕は懸けよう。

空なんて飛べるはずがないと諦めかけていたあの牛が、勇気を振り絞って空と自由を手に入れたように。

「はぁ……」

だけどそんなエストリアの大きな溜息に、僕の心は一瞬で凍りついた。

やっぱり駄目だったのか。

僕はきっと彼女に見限られてしまったのかもしれない。

「そんなことで悩んでいたのですね」

あきれたような声に僕は彼女の顔を見ることができない。

だけど――

「えっ」

優しく温かな体温が僕の背中に伝わる。

そして僕の体を包み込むように彼女の腕が優しく僕を包む。

「レストは自分の弱さばかり気にして強さには気がついていらっしゃらなかったのですね」

「僕の……強さ?」

「はい。貴方の強さです」

回された腕に僅かに力が籠もる。

「クラフトスキルのことを言ってるなら、それは僕自身の力じゃなく神様から授かった力だよ。だから僕はそれを僕の力だって誇れない」

「違います」

「えっ」

てっきり僕はエストリアやヴァンの言う僕の強さというのはクラフトスキルのことだと思っていた。

現にヴァンも秘密の入り江で大波を防いだ時の話をしていたじゃないか。

だけど彼女はそうじゃないときっぱり言い切った。

「貴方の本当の強さは誰をも許し、幸せにしようとする心の強さですわ」

「……僕の心は弱いよ。だってあの日からずっと君を避けるようなことをして傷つけて」

「それはヴァンが悪いのです。あの子は人の心の機微《きび》に疎《うと》いですから。帰ったらお仕置きしなきゃいけませんね」

エストリアはそう言って笑った。

「レスト様の心の強さというのは私たち全てを守ろうとしてくれている強さのことです」

彼女は語る。

「帝国という大国から逃げてきた私たちも、エルフたちに追われているレッサーエルフたちも、ドワーフという枠から抜け出そうとしているギルガスさんたちも。誰も彼も貴方は守ると言ってくれました」

「……逃げてきたのは僕も一緒だからね。貴族社会から、大貴族の跡取りという立場から逃げて。もうこれ以上逃げることができなくなったというだけさ」

「それも嘘ですよね」

「えっ」

「貴方は貴族が嫌で逃げてきたといつも口では言っていますけど、この島ではそんな貴族として民を導き守ろうとしている。そして私たち全てを領民として受け入れて貴族の責務として守ると言ってくれた」

「それは……一応この島の領主は僕だから」

「貴族社会から逃れて自由気ままに生きるだけなら領主なんて責務を負わなくても貴方の力《ギフト》があれば十分なはずでしょう？　面倒な事情を持つ『領民』を抱え込む必要はないじゃないですか」

何も言えなくなった僕に構わずエストリアは続ける。

「それに貴方を追放した人のことだって、貴方はもう許しているのでしょう？」

「……許してなんかいないよ。レリーザは僕の母を苦しめた人なんだから」

「嘘。貴方はとっくに許してる」

「許してなんかっ」

ぎゅっと体を包み込むエストリアの力が強くなった。

それは僕がこれ以上自分を苦しめることを止めさせようとしているようでもある。

「その人を破滅させることができるだけの証拠を貴方は既にいくつも持っている。なのに今までも、たぶんこれからもその力を貴方は使わない」

「弟に悪いからだよ。僕の跡継ぎとしての責務を全部押しつけてきてしまったから」

それは本当だ。

もし僕がレリーザのやってきた悪事の証拠を父や王国に暴露してしまえば、何の罪もない弟のバーグスにまで害が及んでしまうだろう。

僕のことを兄と慕ってくれた優秀な弟を、兄として僕は守らないといけない。

「本当に優しい人ですねレスト様は」

ぐるりと俺の体が一八〇度後ろに向けさせられた。

エストリアの力には僕は抗えない。

僕は最初から抗うつもりなんてなかったけれど。

「大丈夫です。レスト様の優しさと本当の強さは、貴方についていこうと決めたこの島の皆が知っていますから」

エストリアは僕の顔を見上げながら優しくその手で頬に触れる。

「だからそんな顔は私以外の誰にも見せないでくださいね」

「今、僕はどんな顔をしてるのかな？」

「百年の恋も冷めるようなお顔ですよ」

「それは困ったな」

自分ですら気がついていなかった自分の心。

それに気づかされてしまった。

だから僕はどんな表情を浮かべたらいいのかわからない。

「でも私はどんな顔だろうと好きです」

無理矢理笑顔を浮かべようと表情筋に意識を向けた、その時僕の耳にその声が届いた。

「えっ」

エストリアの囁きにも似た言葉に驚いた僕は、その真意をたしかめようと口を開きかけ。

だけどその前に強い力で引き寄せられ、開きかけた口に柔らかなものを押しつけられる。

それがエストリアの唇だと気がついたとき僕はやっとわかった。

僕が彼女に感じていた思いこそが恋だったのだと。

そして僕は彼女の背に見える天を埋め尽くす星に願う。

この幸せな場所を。

この幸せな時間を。

いつまでも守り続けられますように、と。

【第三章】

決着をつけよう！

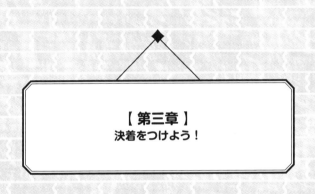

「先頭はアレクトール！　続いてトビカゲが追う！　少し離れてフランソワ、最後尾のクロアシはまだ余力を残しているように見えるが果たしてどうなるっ！」

第一回コーカ鳥レース大会の前半戦。

出場メンバーは以下のとおり。

第一走者　アレクトール　騎手はアグニ。

第二走者　クロアシ　騎手はエストリア。

第三走者　トビカゲ　騎手はヴァン。

第四走者　フランソワ　騎手はフェイル。

今回のコーカ鳥レースは前半と後半に分かれている。

前半は比較的平坦な場所の多いスピードコースだ。

中央広場をスタート地点とし、水路の左側に沿って川の取水口近くの折り返し点まで走る。

そしてそこに置かれた襷《たすき》を取る。

折り返して拠点から見て水路の右側を通りスタート地点がゴールとなる。

コーカ鳥の全速で往復一時間もかからないコースだ。

坂もあり行きは上りで、帰りは下りとなるがその傾斜はかなり緩い。

それと水路の左右はメンテナンス性を考えて舗装してあるためにかなり走りやすいはずなので純粋なスピード勝負になると予想されていた。

四羽が一斉にスタートしたのはお昼前。

前半が終わってから昼食を挟んでしばらく休憩のあとに後半戦という予定である。

「さぁ最終コーナーを曲がって最初に拠点に戻って来るのは誰だ！」

星見の塔の上から拡声魔道具で実況をしているのはギルガスの息子のライガスだ。

いつもは真面目を絵に描いたような彼だが、思ったよりノリノリである。

まさか彼にこんな面があったとは予想外だった。

「実況？　それならライガスがいいんじゃなぁい？　ああ見えてそういうの得意なのよぉん」

ジルリスに推薦されたときは半信半疑だったが正解だったようだ。

ゴール地点でコーカ鳥たちを待ち受ける皆は、見えないところを走っているというのに臨場感たっぷりな実況のおかげでかなり盛り上がっている。

正直レースをしたとしても、拠点の外をコースにするとなると走っている当事者以外は盛り上がれないだろうと思っていただけに嬉しい誤算である。

「キエダは誰が勝つと思う？」

「そうですな。コーカ鳥たちの速力でいえばトビカゲが一番ですが」

「じゃあトビカゲが勝つ？」

「いえ、今回の前半は単純なスピードコースに見えて、所々にテクニカルなカーブがありますからな」

「水路を作ったときにいくつか曲げて作ったところか」

実は水路は川と拠点の間をまっすぐ一直線には結んでいない。

僕にはよくわからなかったが、ドワーフたちが下見をした結果、所々に曲がり角を作るようにと指示されたのである。

たぶん水の流れを調整するためのものなのだろうけど、おかげで今回のコースでも数か所ほど直線ではなく急な曲がり方をしなければならない場所ができていた。

「ですので私はエストリア様に賭けますぞ」

「エストリア……っていうとクロアシか」

「はい。コーカ鳥たちの実力は拮抗しておりますが、その実力を超える力を引き出すのが騎手の手腕でございます。特にテクニカルなコースともなるとその差が如実に表れますからな」

たしかにエストリアの手綱捌きは見事だ。

何度も彼女の後ろに乗せてもらっている僕は実感している。

「でも今ライガスがクロアシは最下位って言ってなかったっけ？」

「勝負は終わってみるまでわからないものですぞ」

自信満々のキエダに僕は勝負師のきらめきを見た。

もしかすると本当にここからエストリアが巻き返すかもしれない。

そして、その時は来た。

「ゴ――――――――ル!!」

ゴール地点に貼ったテープを切ったのはなんと。

「おっしゃあああああああっ!!　俺様の勝利だあああああっ!!」

最後の最後。

拠点の入り口からゴールまでの短い間に、首位だったアレクトールを抜き去ったトビカゲとヴァンだった。

「キエダ？」

「勝負は時の運とも言いますからな」

あれだけ自信満々にクロアシの勝利を口にしていたのに。

そういえばキエダは意外にも賭け事に弱かったのを思い出した。

有能でなんでもできそうに見えるのに、カードゲームでも滅多にトップになったのを見たことがない。

もしかすると運が悪いのだろうか。

逆に運がいいのはフェイルだ。

今回は最終的に四位になっていたが、どうやらそれは途中でフランソワが文字どおり道草を食い始めたせいだとのこと。

餌はきちんと与えているのに、どうやら好みの草を見つけてしまったらしい。

「あー、負けちゃいました」

「……勝てると思ったのに……悔しい」

盛り上がる観客の中心で自慢げに両手を挙げて勝利を誇っているヴァンを尻目に、エストリアとアグニがやって来た。

アレクトールとクロアシはひと足先に鶏舎にコリトコたちが連れて行ったらしい。

全力で走ったあとだし、後半もあるので足の様子や疲れを見て後半も出て大丈夫かを調べるらしい。

まぁ二人に聞くと二羽ともやる気満々だったらしいので心配はしていない。

「……最初に飛ばしすぎ……反省」

しょんぼりとアグニが肩を落とす。

たしかにアレクトールは最初から全速力で飛ばしていて、一時はかなりの差をつけてトップを走っていた。

しかし結局は力を温存していたヴァンとトビカゲにまんまと最後に捲《まく》られてしまったのだ。

こういったレースの場合は常に全力で走ればいいというものではないということだろう。

適度に力を抜いて後半まで体力を持たせる戦略も必要だ。

「二人ともお疲れ様」

「はい。レースって思ったより疲れるものですね」

「……次は負けない」

僕は用意してあったタオルをエストリアとアグニに手渡す。

後半戦は食事の後、ひと休みしてからスタート予定なので、彼女たちは一旦屋敷に戻ってお風呂に入ってくるらしい。

「うーっ。フランソワが言うこと聞いてくれなかったですぅ」

そうやって話していると、恨みがましい声を上げフェイルがタオルを受け取りにやって来た。

その顔には珍しく疲れたような表情が浮かんでいる。

「フランソワちゃんは気まぐれなところがありますからね」

「……そこが可愛いところ」

「ぜんっぜん可愛くないですぅ！」

地団駄を踏みながら悔しがるフェイル。

彼女のそんな姿を見るのは珍しい。

余程悔しかったのだろう。

「せっかくコリトコくんがレース前に『お姉ちゃんなら絶対優勝できるよ』って応援してくれたのに情けないですぅ」

なるほどそういうことか。

たしかにそこまで応援されていたら優勝したかっただろう。

その上優勝したのがあのヴァンである。

もうプロポーズの時のわだかまりはないものの、フェイルとしてはヴァンにだけは負けたくなかったのかもしれない。

「次に勝てばいいさ」

「次はあたし出場しないですよ？」

「えっ」

思わず僕は傍らのキエダを見る。

てっきり前半後半とも同じメンバーが出場すると思っていたが違うのだろうか。

「後半はフェイルの代わりにテリーヌが出場することになっていますぞ」

「テリーヌが？」

「本人たっての願いでしてな。フランソワと一緒に出たいと」

前半は昼食の準備などもあってテリーヌは出場できなかった。

なのでフェイルが出場したらしい。

ちなみに料理長であるアグニについては、アレクトールが他の人を乗せたがらないという理由で前半も後半も出ることになった。

代わりに昼食は料理ができるレッサーエルフの若者たちに任せることにしたのである。

一応テリーヌが管理者の立場だが、彼女は卵料理以外については壊滅的なので卵を使わない料理には携わらせられない。

「みなさーん。それではお昼休憩ですよー」

拠点の中央広場に作った仮設の休憩所からテリーヌの声が聞こえた。

「まぁあれだ。フェイルは第二回大会で見返してやればいいさ」

「うぅー」

未だに悔しそうなフェイルの頭を軽く撫でる。

今回が好評であれば第二回はそれほど遠くない時期にやるだろう。

どちらにしろコーカ鳥たちのストレス解消方法が他にないなら第三回、第四回と続いていくはずだ。

いっそのことそのままカイエル公国の名物イベントにしていくのもいい。

そんなことを考えているとキエダが声をかけてきた。

「レスト様が行かなければと他の者が食事を始められませんぞ」

「あっ、そうか。別に先に食べてもらっていても構わないんだけどね」

「そういうわけにはいきません。国を挙げての初めてのイベントで代表者を差し置いてなど」

「わかった、わかった。それじゃあ急いで行くよ」

僕はまだ続きそうなキエダの言葉を遮ると急ぎ足で休憩所へ向かった。

コーカ鳥レース後半戦のコースは前半戦より過酷である。

スタート地点は一緒だが、今度は川ではなく僕たちが上陸してきた桟橋が折り返し地点になる。

つまり拠点を出てトンネルへ入り桟橋までグネグネと長いトンネルを降りて桟橋を目指す。

そして前半戦と同じく襷を取って今度は登り坂を駆け上がるというコースになっている。

上り下りの大変さもさることながら、トンネルの中は坂を駆け下りた先に百八十度カーブ毎回のように待ち構えているというコースなのだ。

つまり直線でスピードを出しすぎると曲がりきれず壁にぶつかってしまうという危険性もある。

一応前もってそれぞれのカーブの壁には緩衝材を貼りつけておいてあるが、安全のため騎手たちにはヘルメットと肘や膝には簡易的なガードは着けてもらうことになっていた。

「ど、どうでしょう？」

「似合ってるんじゃないかな」

「喜んでいいのか複雑ですね」

ヘルメットとガードを身につけたエストリアは、ヘルメットのせいで耳が押さえられているのが気持ち悪いのか、何度も位置を直していた。

獣人族の身体能力なら必要ないかもしれないが、安全第一だと僕が全員着けるように決めた。だけど彼女にとっては逆効果だったかもしれないと少し不安になってしまう。

「おーい。そろそろスタートするぞ」

スタート地点でヴァンが呼ぶ。

前半戦で勝ったせいかやる気満々だ。

「本当にあの子はまだまだ子どもなんですから」

「仕方ないさ。それよりも怪我だけはしないようにね」

「気をつけますね」

エストリアとともにスタート地点に向かうと既に全員が揃って準備をしていた。

既にコーカ鳥に乗っているのはヴァンだけだが、アグニもテリーヌも既にヘルメットとガードは身につけ、あとは乗り込むだけという姿だった。

「テリーヌ」

「あら、レスト様とエストリア様」

僕らに向けて軽くお辞儀をするテリーヌを見て僕は呟く。

「本当に出るんだ」

「もちろんです。フランソワちゃんからどうしても自分に乗ってほしいって頼まれましたので」

「頼まれたって、フランソワの言葉がわかるの？」

コリトコやトアリウトさんみたいにコーカ鳥の気持ちがわかるような力をテリーヌは持っているのだろうか。

「いいえ、私はフランソワちゃんの言葉はわかりませんけど、この鞍ですか。これを咥えて私に押しつけてくるのです」

テリーヌが卵を取りに鶏舎に行く度にそんなことが最近ずっと繰り返されていたらしい。

それでコリトコに話を聞いたところ、どうやらフランソワがテリーヌに自分に乗ってレースに出てほしいと思っていることを知ったという。

「テリーヌがフランソワに乗っているのは見たことあるけど、レースはあんなのんびりとしたものとは違うんだぞ」

「そうですよね。でもフランソワちゃんにそこまで私と出たいって言われたら断る訳にもいきませんでしょう？」

テリーヌはそう言いながらフランソワの羽を撫でる。

『クワァァ』

気持ちよさそうに目を細めて鳴くフランソワからはレース前の緊張感は一切感じない。

もしかすると彼女は、レースというよりテリーヌと外を散歩するくらいの気持ちなのかもしれない。

「それじゃあくれぐれも無茶しないように」

「はい。今回はキエダもコリトコちゃんもついてきてくれますし大丈夫だとは思いますけど」

後半戦はさっき言ったように危険なコースだが、それ以外にもうひとつ問題があった。

それはトンネルの中に入ってしまったあとは、星見の塔の上からでも様子がうかがえなくなってしまうということだ。

なので今回はキエダとコリトコがそれぞれ母鳥とファルシに乗って併走することになっている。

しかしキエダはいつの間にあの気難しい母鳥を手懐《てなず》けたのだろうか。

ちなみにいつまでも母鳥と呼ぶのも寂しいということで、彼女にも名前がついた。

その名は『ママトリアン』。

名付け親はトアリウトである。

あまりに直球すぎる名前で、ママトリアンが怒るんじゃないかと少し心配したが。

「とても気に入ったと言っている」

トアリウトによると彼女自身は満足なのだそうだ。

実際ママトリアン自身も、その名で呼ぶと『コケケッ』と返事をするのでトアリウトがあながち嘘を言っている訳でもなさそうではあるのだが。

「お前たち。準備ができているならさっさとスタート地点に来るがいい」

「キエダちゃんとコリトコちゃんは先にトンネルに行っちゃったわよん」

レースの雑用係をしているオルフェリオス三世とジルリスがテリーヌとエストリアを呼びに来た。

どうやらキエダたちは既にトンネルに向かったようだ。

「それじゃあ二人とも頑張って」

「はい」

「行ってきますレスト様」

小さく手を振ってスタート地点に向かう彼女たちを見送り、あとはスタートを待つだけとなった。

既にスタート地点ではヴァンとアグニが睨み合っている。

前半戦の最後の最後で抜かれたアグニの「今度は負けない」という気合いがビシビシ伝わってきた。

その気合いが空回りしなければいいが。

「それでは第一回コーカ鳥レース、後半戦！」

ヴァンとアグニの横にエストリアとテリーヌが、それぞれクロアシとフランソワに乗って並ぶ。

その顔は真剣だ。

「スタートっ!!」

パーン！

ドワーフ製の大きな音が鳴るだけというおもちゃの音とともに後半戦が始まった。

土煙を上げ拠点を出て行くコーカ鳥たちのお尻を見送ってから、朝から忙しくしていたせいもあってか少し眠気を感じていた僕は休憩所へ休みに向かう。

「まずはいいスタートを切ったのは今回もアレクトール。アグニ選手だぁ！」

星見の塔から聞こえてくる実況を聞きながら休憩所に入ると、中ではギルガスが大口を開けて椅子に座ったまま眠っているだけで他には誰もいない。

さっきの破裂音を聞いても目が覚めないということはよほど疲れているのだろう。

「帰ってきたのは昨日の夜だっけ」

実はギルガスは昨日までリナロンテに乗ってウデラウ村に出かけていた。

正確にはウデラウ村の秘密の入り江にだけど。

「何か見つかったのかな」

秘密の入り江の話をギルガスとドワーフ三人衆にしたのは十日ほど前。

入り江の光石を採取してきて、夜の道や建物の中の光源にしようかと話をしていた時だった。

しばらく黙っていたギルガスが突然「その秘密の入り江とやらに行って確かめたいことがある。紹介状を書いてくれ」と言い出したのである。

ギルガスには一度あの光石の天井を見てもらいたいと思っていた僕は一も二もなく頷いて早速ウデラウ村の村長へ向けて紹介状を書いた。

今、あちらにはトアリウトもいるので招待状なんてなくても案内してもらえそうではあったが、一応礼儀としてだ。

そして翌日。

僕から紹介状を受け取ったギルガスは、そのまますぐにリナロンテに乗って空中回廊へ飛び込んでいったのである。

彼は長い放浪生活で馬に乗った経験もそれなりに豊富だったらしく乗馬が得意なのだそうで、短い手足ながら器用に乗りこなす姿は僕よりよっぽど様《さま》になっていた。

「そういえば昨日帰ってきてからまだ碌に話もしてないな」

今日がレース本番だったこともありバタバタしていてそれどころではなかったというのもある。

それに何か重要な話があるならギルガスのほうから話に来てくれたはずだ。

なので大きな問題は起こらなかったのだろうと判断した。

「あっ、カイエル公」

ギルガスを起こさないように少し離れたところに座って目を閉じていると、休憩室にレッサーエルフの若者が顔を出した。

たしかシュエルだったか。

「カイエル公はやめてくれよシュエル」

「そうでした、レスト様。何か飲みますか?」

「君も休憩に来たんだろ? 気にしないでくれ。自分の飲み物くらい自分で用意するよ」

今回のレースでいろいろな雑用を嫌な顔ひとつせずこなしてくれている彼らだ。

休めるときに休んでおいてもらいたい。

むしろ今日一番暇なのは自分なのだし。

「シュエル、私もハーリンに代わってもらって休憩に――カイエル公!」

「またか……」

シュエルに続いて入ってきたのは彼の婚約者のエットだ。

これはあれかな。

レッサーエルフたち全員にちゃんと話をしておく必要があるな。

僕は苦笑いを浮かべ立ち上がると休憩所の隅に置いてある棚に飲み物を取りに向かった。

そして中からアグニが朝から用意してくれた水筒がいくつか置いてあり、その中にはお茶や水、ナバーナで作ったジュースなどが入っている。

「シュエル、エット。君たちは何を飲む？」

「さすがにレスト様にそこまでしてもらうわけには」

「いいからいいから。二人には休憩のあとも頑張ってもらわないといけないからね。これも君主の勤めだよ」

僕がなるべく気を遣わせないように笑顔でそう言うと、硬い表情ながらおずおずと二人は応えてくれた。

「私はナバーナジュースを」

「自分はお茶をいただけますか」

「了解。ちょっと座って待っててくれ」

俺は紅茶とジュースの入った水筒を棚から取り出す。

そしてコップを三つ近くのテーブルに載せるとジュースとお茶を注いだ。

「レスト様もお茶なんですね」

「僕は今日あまり動いてないからね。お茶で少し喉を潤せればそれでいい。でも君たちはきっちり栄養を取ったほうがいいと思うよ」

「そういえばナバーナって栄養満点だってアグニさんが言ってましたね」

「たしかにこのジュースを飲むと力が湧いてくる気がします」

二人の前にジュースと紅茶のカップを置いて話をする。

段々と硬さが取れ、話が弾み出す。

「私、こっちに来てよかったって最近よく思うんです」

中身のほとんどなくなったコップに目を落としながらエットが呟く。

「別に村での生活が嫌だったって訳じゃないんです。村では今までと同じことを今までと同じようにして生活して、それで生きていけたけど」

「刺激が足りなかった？」

「そう、それです。安定した生活っていうのも大事だと思ってたんですけどレスト様たちが村に来てからいろいろなことが起こって、今まで当たり前だったことが変わっていって」

全てがいいことではなかったかもしれない。

スレイダ病や聖獣様のこと。

よくなったこともちろんある。

だけどそれまでの安定した生活を僕が壊してしまったのは間違いない。

「私、それが楽しかったんです」

だけど曇りのない笑顔でエッタに言われて僕は少し救われた気がした。

たぶん彼女が変わったことで迷惑をかけた人もいるかもしれない。

彼女の両親は娘が村を出ることをどう思っただろう。

僕を恨んでいるのではないだろうか。

そんなネガティブな考えが浮かんだ。

そのことを聞いて見ると。

「両親どころか村中のみんなに『レスト様に恩返しするつもりで頑張ってこい』って、むしろ背中を押されましたよ」

今度はシュエルが苦笑いで応えた。

別に僕は恩返しなんて望んではいないけど。

「家《うち》なんて『アンタはいつも無茶するから、むしろレスト様のところのほうが安心だよ』って言われちゃった」

「無茶って……」

エットはいったいウデラウ村でどんなことをしでかして来たんだろうか。

僕は少し心配になった。

だけど彼女がこの拠点に来て問題を起こしたという話は聞かない。

むしろレッサーエルフたちのリーダーのような立場で、いつも先頭に立って率先して仕事をしてくれているくらいだ。

「こいつって男衆の狩りに交じって出て行こうとしたり、子どもの頃なんて聖獣様の住処を探すんだって森の奥に一人で行こうとしたりしてたんですよ。俺も何度か巻き込まれて魔物に追いかけられたこともあるんですから」

「それはまた、お転婆というか無謀というか」

幼馴染として共に育ってきたシュエルの話に嘘はないだろう。

たしか彼はエットよりひとつ年下だったはずだ。

子どもの頃の一歳差はかなり大きい。

きっと彼女に子分のように引きずり回されていたに違いない。

そんな二人の話を楽しく聞いていたときだった。

休憩所にレッサーエルフのウェイが叫びながら飛び込んで来たのだ。

「レスト様っ！　大変ですっ!!」

「何事っ」

「それが、キエダ様が行き倒れている人を見つけたとかで、レースを中止してこちらに戻ると連絡が来たんです」

「行き倒れって、どこで行き倒れてたんだ？」

「詳しい話は聞いていないのでわかりません。とりあえずそれだけをレスト様に伝えてほしいとテリーヌさんに言われただけなんで」

「そのテリーヌはどこにいるんだ？」

「伝言だけ残して医務室に向かいました」

どうやら行き倒れの人を救護するためにテリーヌがひと足先に戻って、僕への伝言だけを告げてから館の医務室に向かったらしい。

「エットたちはテリーヌに手伝いが必要そうだったら手伝ってやってくれ」

「はい」

「わかりました。行くよシュエル！」

休憩所を飛び出していく二人に続いて僕も外に出る。

そこにはドワーフの二人とフェイル、あとハーリンというウェイの許嫁《いいなずけ》が僕を待っていてくれた。

「とりあえず僕はキエダを迎えに行くよ。手の空いている者はついてきてくれ」

なんだなんだと集まってきた皆にそう告げると、僕はキエダが戻ってくるであろう拠点の入り口に向かって駆け出したのだった。

＊　＊　＊

医務室のベッドの上で一人の女性が上半身を起こしてけだるそうに欠伸《あくび》をしている。

彼女の名前はカヌーン。

魔族の女性で僕の学生時代の恩師で――

「ここがお主の国かのう？」

「そうです先生。お久しぶりです」

僕が紹介状を送った人物のうちの一人である。

「といってもまだほとんど人はいませんし、街もこれから作っていくところなんですけど」

「それでよく国を名乗れたものじゃ」

カヌーンはやれやれといった風にそう言うと僕の傍らに控えていたキエダに目を向ける。

トンネルの中で倒れていた彼女を見つけて連れてきたキエダに何かひと言いいたいのだろうか。

「久しいのうキエダの坊や。お主がレストの執事をしていることは聞いておったが、学園でも一度も顔を見せんかったから本当かどうか疑ってしもうたわ」

「……はぁ……坊やは止めていただきたいですな。だから会いたくはなかったというのに」

「ははは、たしかに今の髭もじゃジジイの姿では坊やは似合わんのう」

驚いたことにカヌーンとキエダは知り合いだったらしい。

しかもキエダはどうも彼女のことを避けていたようだ。

なるほどそれで学園に迎えに来たときも絶対に中に入ろうとしなかったわけだ。

「もしかして先生を呼んじゃまずかったかな？」

僕は恐る恐るキエダに尋ねる。

「知っていれば止めたかもしれませんが、来てしまった以上は仕方がないでしょう」

「ははは。そう邪険にするでない。お主と我の仲ではないか」

「……それはもう昔の話ですぞ」

いったい二人はどんな仲だったのだろうか。

とても気になるが今はカヌーンの体のほうが心配だ。

「テリーヌ」

「はい。今メディカルで診させてもらいましたけど、かなり栄養失調の気はありますが体には異常はありませんわね」

「そっか、よかった。というか栄養失調って……何があったんですか？」

テリーヌの言葉にホッとしながら僕はカヌーンの顔に視線を移動させる。

たしかに前に会ったときよりやつれては見えるが、顔に浮かんでるいつものニヤニヤ笑いからは先ほどまで行き倒れて意識を失っていた人物とは思えないくらい健康そうだ。

「いや、なに。この島に来るときにちょいと魔力を使いすぎてな」

「そういえば先生はどうやってここに来たんですか？」

エルドバ島は位置的にも他の大陸から遠く、上陸できるわけでもない上に船の航路からも離れているために近くを船が通ることもない。

なのでそういった船でやって来たとも考えられない。

「オミナで待っていてくれれば迎えに行くとエルから聞いてませんでしたか？」

現在エルドバ島から一番近い場所にある港街オミナには定期的に買い出し部隊が出かけている。

目立たないようにするため大量に物資を買う訳にもいかないが、この島で手に入れられないものはそこで買うしかないので仕方がない。

そして買い出し部隊にはもうひとつの目的があった。

それが王国などの情報を収集することと、僕が来てくれるように手紙を送った人たちがオミナにたどり着いていれば島まで送り届けるという役回りである。

というわけでエルを通じて僕が連絡を入れた人たちにはオミナの指定した宿屋でその買い出し部隊が行くのを待っていてもらう手筈だった。

もちろんその宿屋には前金で客人が来た場合の宿泊費と食事代をある程度前金として渡してあるので滞在中にはお金もいらない。

「紹介状をなくしてしもうてな」

「なくしたぁ⁉」

僕が送った手紙には手紙以外に宿への紹介状も同封してあった。

宿でそれを見せれば僕たちの客として泊まれる手筈だったのだが、カヌーンはそれをなくしてしまったらしい。

「泊まる宿の名前もそれに書いてあったはずじゃがどこの宿かもわからんでな。港に着いたはいいがどうしようかと困り果てていたんじゃ」

「はぁ」

「船乗りに船を出してもらおうにも金は旅費で全て使い果たしてしもうたし、同じ理由で宿にも泊まれん」

「野宿でもしていればよかったのですぞ」

キエダが、彼にしては珍しく辛辣《しんらつ》な言葉を放つ。

だがカヌーンはそれを意に介せずニヤニヤ笑うと。

「キエダよ。ディアールを覚えているかえ?」

「もちろんですぞ。私の冒険者時代の仲間で橋愛好家の同志ですからな。最近は連絡を取れていませんが、今は王都の商業ギルドで働いているはずですぞ」

キエダの橋好き仲間の名前は初めて聞いた。

実在していたのか。

「そのディアールがどうかしましたかな?」

「それがな、港で困っていたらいきなり声をかけられてな。いつものナンパかと思うたらディアールの奴だったのじゃ」

「なんですって！　なぜ奴がオミナに」

どうやらディアールという人物がオミナに来ているということはキエダも知らなかったらしい。

となるとその人物がやって来たのは最近の話だろうか。

ここのところ建国の準備と開拓で忙しく、買い出し部隊にキエダは同行していなかった。

護衛だけならドワーフの誰かがついていれば問題はないのでテリーヌかアグニのどちらかとドワーフ三人衆のうち二人が出かけることが多い。

彼らはそこいらの冒険者より強いし重いものでも難なく持ち運べるので二人いれば余程のことがあっても対処できる。

「王都で何やらやらかしたらしくてな。左遷されたそうじゃぞ」

ぎゃははと笑いながら伸ばした膝を布団の上から叩くカヌーン。

一方、話を聞かされたキエダの顔は予想に反して嬉しそうで。

「つまり今ディアールはオミナの商業ギルドにいるということですな？」

と、身を乗り出す。

「なんじゃ、面白くない反応じゃの。まぁよい、そういうことじゃ。一応やらかしたとはいえ王都ギルドでも結構な地位にいた奴はそのままオミナの商業ギルド長になっておるらしい」

代わりに元オミナ商業ギルド長は王都に近い街へ栄転したという。

しかしいったいどんなやらかしをすれば、王都からオミナなんていう辺境の港町まで飛ばされるのか……。

「レスト様」

「なんだい？」

「次の買い出しの時には私もオミナに行きますが良いですかな？」

「構わないけど何しに行くの」

「彼奴がギルド長であるなら、この島との交易にもいろいろ融通が利くかもしれないと思いましてな」

なるほどそういうことか。

もしオミナとの交易がギルド長という立場を使うことで王都にバレないようにできるのであれば、今までちょっとずつ『買い出し』するしかなかったものを『輸入』という形で多く手に入れられるようになるかもしれない。

「キエダもずいぶんと悪知恵が働くようになったもんじゃな。昔は純粋無垢で目をキラキラさせた若者じゃったというのに」

「昔は昔、今は今ですぞ」

本当にこの二人の間に何があったんだろう。

気になるが今聞いてもきっとキエダに邪魔されるだろう。

だからそれについてはあとでこっそり聞かせてもらうとして。

「知り合いの人と会ったのならお金を借りて宿で待っていてくれればよかったのに」

「我もそうしようと思ったのじゃが、ついそのまま酒場で昔話に盛り上がってしまってのう」

夜遅くまで飲んだあと、嫁に叱られると慌てて勘定だけして店を出て行ったディアールにカヌーンはお金を借りることをすっかり忘れていたらしい。

「それで仕方なくフラフラと店を出たらちょうど船乗りだという男に声をかけられてのう。話している内に『俺様がエルドバ島に連れてってやる』とか言い出してな。その男の船に乗って港を出て――」

その人に送ってもらったのか。

そう思った僕だったが。

「しばらく海の上を魔導スクリュー付きの船で進んで港が見えなくなったころじゃったかな。突然男が我に襲いかかってきてなぁ」

続くそんな彼女の言葉が、僕の考えが甘すぎたことを教えてくれた。

「だ、大丈夫だったんですか！」

「当たり前じゃ。ああいう輩には慣れておるからの。なぁキエダよ」

「いちいち私に話を振らないでもらえますかな。それとまさかその男相手にサキュバスの力《スキル》を使った訳ではないでしょうな？」

「わっはっは。我ほど魅力的な女なら力《スキル》など使わずとも男など寄ってくるわ！　お主なら身を以て知っておろうに」

ニヤニヤとした目で見られてキエダが口ごもる。

カヌーン先生の種族は魔族。

その中のサキュバス族という一族だ。

「それでどうしたんです？」

「レスト。お主相変わらずノリが悪いのう。まぁよいじゃろ」

突然襲われたカヌーンだったが、サキュバス族にとってはそういうことは慣れたもの。

それどころか本来は逆にサキュバス族が男を襲うことのほうが多いと聞く。

といっても彼女はそのサキュバス族の中でもかなり異端で、自分からサキュバスの力を使って男を誘うことはない……と言っていた。

「島の場所はとっくに聞き出しておったからな。そこからは空を飛んでここまでやって来たというわけじゃ。ただ思ったより遠くてな、桟橋にたどり着いた時はかなり魔力を消耗しておった」

フラフラになりながらもトンネルに入ったものの何せあのトンネルは長い上にずっと上り坂である。

休憩場所もいくつも用意してあるのだが、今はまだ正式にどこかと国交を結んだ訳でも貿易をしている訳でもないため身内しか利用していない。

しかも普段はコーカ鳥たちやファルシに乗って一気に上り下りするために休憩所は最初に僕が適当にクラフトしたままで、補給物資も何も置かれていないのだ。

なので食料を手に入れることもできなかったに違いない。

「それでまぁ気がついたらここで寝ておったというわけじゃ」

「もし男の言ってた島の場所が間違ってたらどうするつもりだったんですか」

結果的にたどり着けたからよかったものの無茶が過ぎる。

「その時はその時じゃ。それよりもさっきからえらいうまそうな匂いがしてくるのじゃが？」

鼻をひくつかせるカヌーンにテリーヌが答える。

「今日は少し特別な催しがあったので豪華な夕食を準備しているのです」

「ほほう。それは良いときに来たのじゃ」

「先生は療養食のほうが……」

「大丈夫じゃ。我が倒れたのは腹が減ったせいじゃなく魔力切れが原因じゃからの」

そう言ってぴょんっと勢いよくベッドから飛び降りたカヌーンはその場で何やら不思議な踊りを踊って見せる。

何故だか体の中の魔力が吸われていくような気がしたが、もしかしてこれがサキュバスの力《スキル》なのだろうか。

「どうじゃ？　元気じゃろ？」

「え、ええ。そうですね」

ドヤ顔の彼女に僕はかろうじてそう応えるとテリーヌに「一人分追加できる？」と尋ねた。

「はい。今日はビュッフェ形式ですので問題ないと思います。それではカヌーン様も大丈夫そうですし、私もキッチンの手伝いに行ってまいりますね」

「忙しいのにすまない」

「いいえ。これが私の仕事ですから」

癒やされる笑顔を残してテリーヌは医務室を出て行く。

これで医務室には僕とキエダ、そしてカヌーンしかいなくなった。

「さてと、おふざけはここまでにしてじゃ」

とすんとベッドに腰を下ろしたカヌーンの顔が真剣になる。

「お主、本当に国を造るつもりか？」

「はい」

「即答か。ということは既に腹は括っておるのじゃな」

星見の塔で奥はエストリアと星に誓った。

それまでは漫然と流されるままに国を造るということを考えていたところもあった。

もしカヌーンの質問があの日までの僕に投げかけられていたら即答なんてできなかっただろう。

だけど僕はもう決めたのだ。

ここに。

この島に誰もが仲良く平和に暮らせる国を造るのだと。

たとえそれが夢物語だとしても僕はそれを目指す。

「学園にいた頃とは別人のような男の目をしておるな。もし昔のお主が今のような目をしておったら我はあんな約束など軽々にしなかったであろうよ」

「約束ですと？　いったいどんな約束をレスト様としたのですかなカヌーン」

キエダの困惑した声にカヌーンは軽く笑う。

「ははっ、気色ばむな小僧。我はもし此奴が国を造るようなことがあれば手伝ってやると約束しただけじゃて」

「魔族の約束をそんな気軽に……年を取っても貴方の軽率さはかわりませんな」

「年を取ったとは聞き捨てならんな！　我はお主と出会った頃から今まで変わらぬ美人のままじゃろうが！」

「つまりまったく成長していないと。精神も昔のまま成長が止まっておるのですかな」

「貴様こそ外見だけジジイになっただけで中身は小僧のままではないか！」

突然始まった罵り合いに僕は溜息をつく。

しかし止める気は起こらなかった。

「だいたい最初に酒場で声をかけてきたのはお主のほうじゃったろう」

「若気の至りですぞ」

「我が誘いに乗ってやったら驚いて赤くなってな」

「ディアールと賭けてましたからな。声をかけて振られるか振られないかを」

「それでお主は振られるほうに賭けたのじゃな。自分に自信のない男じゃな」

「ふんっ。私は振られないほうに賭けましたぞ」

「その割には慌てておったくせに」

なぜなら二人の喧嘩は僕にはただの痴話喧嘩にしか思えなかったからである。

話を聞いていると、どうやらこの二人は若かりし頃どこかの酒場で出会ってキエダから誘う形で付き合い始めたらしい。

結局さまざまな要因が重なって二人は別れることになったが、今の二人を見る限り仲が悪くなって別れた訳ではないようだ。

「それじゃあ先生、今日はゆっくり休んでもらって明日からこの国のことをいろいろ見てもらえますか？」

しかしこのままでは埒があかない。

なので二人の口喧嘩が途絶えた隙を見て口を挟む。

「んあ？　そうじゃな、今日はもう遅いしさすがに我も疲れたのでな」

「先生の部屋も用意しておきますね。それじゃあキエダ、あとはよろしく」

「それなら私が部屋の準備を――」

そう言いかけたキエダを手で制して。

「キエダは先生からディアール……さんだっけ？　その人のことをもう少し聞いておいてよ。それに部屋の内装は僕じゃないとクラフトできないしね」

そう言い残し医務室を足早に出る。

二人には積もる話もあるだろう。

だからお邪魔虫である僕はひと足先に退散させてもらうことにした。

「さてと。先生の部屋はどこがいいかな」

屋敷の中には空き部屋がまだいくつもある。

エストリアとヴァンの部屋も家のほうに引っ越した今はもぬけの殻である。

「あっ、一階と二階どっちがいいかくらい聞いとけばよかったな」

と言ってもいまさら医務室に戻れない。

僕はとりあえず食事の後にでも聞こうと決めて、テリーヌたちの手伝いをすべく食堂へ足を向けたのだった。

＊　＊　＊

夕食兼コーカ鳥レース打ち上げ会で僕はカヌーンのことを皆に説明した。

レースが中止になったせいで微妙に残念そうな空気が流れていたが、彼女が僕の待ち人だと知ると皆の興味は一気にカヌーンに向いた。

「カヌーンじゃ。今回は皆に迷惑をかけてすまなんだのう」

軽く頭を下げるカヌーンに会場中から小さな拍手が起こる。

「カヌーン先生は僕が王都の学園に通っていたときによくしてくれた先生でね。世界中を旅してきたからいろいろな知識を持っていて、僕もよく話を聞きに行ったりしてたんだ」

「魔族じゃから無駄に人より長生きな分だけ物事を知っておるだけじゃ」

その知識が大事なのだと僕は思う。

それにカヌーンは勉強家だ。

長生きだけど無駄な人生は送っていない。

「それでその先生とやらをどうしてここに呼んだんだ？」

レースが中途半端に終わって少し不機嫌そうなヴァンが声を上げる。

「先生は学園で主に法律や公務関係の授業を受け持っててね。この国の法律を作るのに協力してもらいたくて呼んだんだ」

「法律？　まーた頭が痛くなりそうなモンを作るんだな」

「ガウラウ帝国にだって法律はあっただろ？」

今はまだ国民も少なく、全員が顔見知りのようなものだ。

だから法律は必要ないかもしれない。

だけどこれから国を大きくしていくためには外から人材を募る必要がある。

所謂《いわゆる》移民だ。

そうなれば住民全員が顔見知りという世界は崩れ、さまざまないざこざも必ず起こるだろう。

特にこの国は単一種族でなく、さまざまな種族が集まる国にするつもりだ。

そうなるといろいろな文化、風習の中で生まれ育ってきた人たちが集まってくる。

先日のヴァンのプロポーズ事件がわかりやすいが、ああいった『ある種族にとっては当たり前のこと』が『他の種族から見ればあり得ない、許せないこと』ということも数多くあるはずだ。

だからこの国にはこの国独自の決まり――法律が必要だと僕は考えた。

しかしただでさえ法律というものは作るのが難しい。

そしてさまざまな種族の風習や文化も含めて作っていく必要があるとなると、いろいろな種族のことを知っている人物でないと作成することは不可能だろう。

「だから僕はいろいろな国を、種族を見て来たカヌーン先生にしか、このことは頼めないと思ったんだよ」

最終的にカヌーンは、あの学園で安定した職を得て王国に定住するつもりだったということは知っていた。

だから僕がただの領主であったなら彼女を呼ぶことはなかっただろう。

しかし国を作ることになった今、彼女に頼るしか方法が考えつかなかった。

「我もすぐに法律なんてものを作ることができるとは言わん。たぶんじゃがある程度形になるまででも数年は必要じゃ」

「数年ですか……」

カヌーンの言葉にエストリアが難しい表情を浮かべる。

「そもそも我はまだこの島のことも、この島に住んでいるお主らのことも何も知らんでな。そんな状態で法律なんぞ作ったら碌なもんにならんじゃろ。だからこの島で皆と一緒に暮らして生活を見ながら作り上げていくつもりじゃ」

「そういうことなんですね」

「たしかにそうだ」

「しっかりした先生だ。さすがレスト様が選んだだけはありますね」

口々に上がる声にカヌーンが胸を張って自慢げにしている。

少しおだてるとすぐ調子に乗って失敗するのが彼女の悪い癖なので、そうなる前にまとめないといけない。

「そういうわけで皆、新しい島の住民になるカヌーン先生のことをよろしくお願いするよ」

僕の言葉と同時に食堂に拍手が巻き起こった。

同時にカヌーンに「ようこそエルドバ島へ」「これからよろしく」「先生、私にも勉強教えてください」など、皆から声がかかる。

「レスト、ここは良いところじゃのう」

「そうでしょう」

「この者どもの笑顔を曇らせてはならん。我も手は抜けんな」

最初から手を抜くつもりもなかったくせにと僕は口から出そうになった言葉を飲み込んだ。

「それじゃあそろそろ打ち上げ会を始めよう！　早くしないとヴァンが涎《よだれ》まみれになってしまうからね」

「なっ。俺様はそこまで食い意地張ってねぇぞ！　だが腹は減ったから早くしてくれ」

「わかったわかった。それじゃあ皆。今日はいろいろあって大変だったけど明日からのためにもいっぱい飲んで食べて元気になろう！」

僕はテーブルから飲み物の入ったカップを手に取ると大きく掲げる。

それを見て同じように集まった皆がカップを手に取った。

「それではかんぱーい！」

僕の音頭に続いて「かんぱーい」という声が食堂中に響き渡る。

テーブルの上には今日のために温存しておいた肉や野菜、穀物で作ったさまざまな料理が並ぶ。

食後にはアグニ特製のデザートも用意されているらしいから楽しみだ。

ちなみに飲み物はナバーナのジュースやお茶、水だけでなくエールも用意してある。

これはギルガスたちドワーフがオミナで買ってきたものだ。

十樽ほど買い込んできたが、買ったのがドワーフだったせいか全然疑われることがなかったらしい。

この場には二樽しかないが、残りの八樽はギルガスの家の横に保冷室のような場所を作って暑さに弱い食料品とともに保管している。

仕組みとしては水路の水を建物に通して中を冷やすというもので、外がかなり暑い日でも中はひんやりとした温度に保たれるようになっていた。

クラフトで細かい部品を組み立てるときに放熱がどうのとか熱伝導率がどうのとかギルガスが弟子にいろいろ説明していたのを横で聞いていたけど、結局細かな仕組みはよくわからなかった。

それにギルガス自身も「これは一時的なもので、そのうち冷蔵魔道具に切り替える」と言っていたので長期的な保存には向かないのだろう。

そのエールをあおるドワーフの横にはレッサーエルフの女性陣とアグニが楽しそうに話をしていた。男性陣のほうはヴァンとともに食事に走っているところを見ると女性陣に放置されたのだろう。

コリトコとファルシ、そしてフェイルは少し離れたところで一緒に食事をしているのが見える。

フェイルがコリトコを甘やかしているように見えるが、もしかすると逆にコリトコがフェイルに甘やかされてあげているのかもしれない。

「さて、皆も楽しんでるみたいだし僕も食べよっと」

本当はエストリアと一緒に食べようと思ったのだが、彼女は先ほどアグニとともにキッチンの奥へ入っていった。

どうやら何か手伝いを頼まれたようで、まだ帰ってこない。

なので僕は仕方なく先に食事を始めることにしたのだ。

だけど取り皿を手にテーブルの上の食べ物に手を伸ばそうとしたそのとき、何か寒気がして手を止める。

恐る恐る目をテーブルから寒気を感じた方向へ向けると。

「あらあらそうですか」

「そうなんじゃ。此奴は昔から大人ぶってるくせに結構子どもっぽくてのう」

「知ってますわ。ですが子ども心を忘れないというのは素晴らしいことだと思うのです」

そこには笑顔で会話をするテリーヌとカヌーン、そして傍らで置物のように無表情で佇むキエダの姿があった。

そして気づいてしまった。

「もしかしてテリーヌってキエダのこと……」

今まで恋や愛についてあまりに疎すぎて気がつかなかった。

だけど記憶を遡ればたしかにいろいろと思い当たることがある。

「それでもあそこまでテリーヌがそういう意思を見せたことはなかったと思うけど……そっか、先生が現れたから」

医務室でテリーヌがそんなそぶりを見せなかったのはカヌーンを病人とみていたからだろう。

彼女にとって人の病を治すということは全てに勝ることなのだから。

だけど今は違う。

カヌーンはキエダの元恋人である。

しかも別に嫌い合って別れた訳ではない。

つまり元サヤに収まる可能性も十分にあり得てしまう。

まぁ、僕が見る限り仲の良い姉弟みたいな関係になってしまっているので、その可能性はかなり低いとは思うが。

恋愛経験のほとんどない僕の予想はあまり意味がないかもしれない。

しかしあの様子からするとキエダはテリーヌの気持ちに気がついているようだ。

それをカヌーンがからかっているといったところだろう。

「とにかく穏便に決着がついてくれることを祈ってるよキエダ」

僕は心の中で手を合わせると改めて食事を始めることにしたのだった。

ちなみにその後、テリーヌとカヌーンは二人で食堂の外に出て行って、帰ってきたときにはすっかり打ち解けた様子になっていたということを書き記しておこう。

【第四章】
交易をはじめよう！

カヌーンに島の案内をしつつ、エストリアと一緒に日課の畑の作物のチェック。

拠点周辺の地図作り。

それから本格的な拠点拡張の初手としての農業施設の準備など忙しい日々が続いた。

とはいってもずっと働き詰めでは疲れてしまう。

なので数日毎に休みの日を設けることにした。

もちろん急ぎでやらないといけない仕事がある人は別だが、そうでない者はなるべく数人毎に分かれて分散して休みを取るように予定を立ててみたのである。

というのは半分建前で――

「レスト様、今夜の『星見会』楽しみにしてますね」

「ああ。最近は靄で星が見難い日も少ないし、楽しみだな」

エストリアとの時間を作りたかったからである。

とはいえ最近僕らは二人っきりで星見の塔に上ることは少ない。

なぜなら。

「あっちも楽しみだー」

「コリトコくんはお菓子のほうが楽しみなだけですぅ」

「……昨日テリーヌが上質の砂糖を買ってきてくれたばかり。腕によりをかけて作る……」

「我もご相伴《しょうばん》に預かるとするかのう」

いつの間にやら休日前夜の星見会に参加する者が増えてしまったからだ。

「今夜も賑やかな夜になりそうですね」

「そ、そうだね」

何の邪気もないエストリアの笑顔に僕はどうにか笑顔で返す。

それもこれもコリトコが「あっちもレスト様の話を聞きたい」と言い出したのが最初だ。

続いてコリトコと一緒に星を見たいと言ってフェイルが、アレクトールのいい運動になるとアグニが。

更に夜食代わりにおいしいお菓子が食べられることを知ったカヌーンが、気がつけばついてきていた。

ちなみにその時のカヌーンは自力でコウモリに変化して塔の最上階にやってきたので、初めてそれを見た皆がかなり驚いていたのを覚えている。

あとは毎回ではないけれどレッサーエルフのカップルのどちらかが参加することも多い。

ヴァンは星には興味ないしキエダとテリーヌはいつも留守番を買って出てくれる。

テリーヌといえばカヌーン先生と火花を散らしていたあの日以来、少し積極的にキエダに好意を見せるようになっていた。

だけどキエダのほうは見る限り彼女に対する態度は前と変わっていないように見える。

もしかすると僕の見ていないところで進展があるのかもしれないが。

といってもさすがに直接聞いてみる訳にもいかないので二人のほうから何か教えてくれるまではそっと見守ることに決めている。

そんなこんなで定期的に星見会が行われるようになったせいで、星見の塔の上層階付近には仮眠室やコーカ鳥たちの休憩室など設備が充実していくことになった。

何故コーカ鳥の休憩所かというと、最上階まで人の足で上り下りするのは大変なのでコーカ鳥たちに乗って全員が上って来ているためだ。

僕とエストリアだけの頃はファルシに頼めば事足りたが、さすがに今の人数分ファルシに往復させる訳にもいかない。

それもあってコーカ鳥たちにも協力してもらうことにしたのだ。

偶然とはいえコリトコとファルシを助け、コーカ鳥たちまでもを飼育できるようになったことは、今考えると幸運なことだった。

もし彼らがいなければ移動手段は徒歩か馬のリナロンテのみに頼らねばならなかった。

だがリナロンテでは拠点の外にいる魔物と戦うことはできない。

必然キエダのような戦える人材も同行しないといけない上に、いつ襲われるか警戒し続ける必要が出てくる。

だけどファルシは元よりコーカ鳥たちさえいればその全てが必要でなくなる。

コーカ鳥の戦闘力と危機察知能力の高さは未開の地において有用すぎるくらいに有用だ。

なので僕らはこの先もコーカ鳥たちと共存共栄していかないといけない。

そんなことを実感する星見会の翌日のことだった。

朝早くキエダが僕の部屋を訪れた。

「お休みのところ申し訳ありません。ギルガス殿がお戻りになりましたぞ」

「ギルガスが?」

「先ほどから執務室にてお待ちです」

「待っているって、僕をかい？」

数日前にギルガスは『必要なものができたのでオミナに探しに行ってくる』と言い残し島を出て行った。

それが帰ってきて早々に僕に話があるらしい。

「すぐに行くよ」

そう返事をしてから僕は急いで身支度を整え応接室に向かった。

僕が眠っている時間だというのに会いたいというのだからただ事ではないはずだ。

カヌーンのことやエストリアとのことなどがあったのもあるが、ウデラウ村から帰ってきてずっとギルガスは工房に籠もったままだった。

なのでウデラウ村からギルガスが帰ってきてからまだ詳しい話は聞けていない。

ついでにそのことも尋ねないと、と考えながら応接室の扉を開けた。

「おかえりギルガスさん」

「早い時間にすまねぇな」

ギルガスはそう謝罪を口にしながら執務室の机を指で指し示し、

「ちょいと急ぎで見てもらいたいもんがあってな」

と言った。

「これは何ですか？」

机の上に置かれていたのはこぶし大の石のようなものだった。

一見すると木炭のようなそれを僕は手に取ってみる。

「これって……」

窓から差し込む朝日にかざすと表面がうっすらと紫色に見える。

だけどそれだけでは何かわからない。

僕の知識の中で一番近いものを上げるとすれば石炭だけど、手で触れた感じではまったく別物だ。

いったいこれがなんだというのだろうか。

僕がそう頭を傾げていると、ギルガスがその正体を教えてくれた。

「そいつぁな、魔晶石だ」

「魔晶石？　これが？」

魔晶石とは魔力の元となる魔素を取り込んだ魔物が、その体内に魔素を溜めるべく産み出す結晶である。

そして主に魔物の体内から採取されるそれは魔道具を動かすために必要な魔力の供給源として幅広く使われていて、魔晶石を集めるためだけに魔物を狩る者たちも多くいる。

「でも魔晶石ってこんな真っ黒じゃなくて普通は赤紫の水晶みたいな色ですよね？」

「普通市場に出回ってるモンはそうだな。だがこいつは間違いなく魔晶石だ。それもとびっきり高濃度のな」

「これが……魔晶石？」

僕は手にした石をもう一度じっくりと見てみる。

だけど僕が知っている魔晶石とそれは似ても似つかぬもの過ぎて判断ができない。

そんな僕の気持ちを察したのだろう。

「今、その証拠を見せてやる」

そう言うとギルガスは懐から太い棒のようなものを取り出した。

「見てな」

そしてギルガスが取り出した棒の先を僕が持っている石に触れさせる。

すると。

「あっ」

棒の色が石に触れたところから一気にギルガスの手元まで黄色く変色したのである。

「この棒は高濃度の魔力まで測定できるやつでな。普通の店じゃ売ってねぇから自分で作ったんだが必要な材料が手元になくて街の商人に頼んであったんだよ」

その材料を取りに街に向かって、帰ってすぐに取りつけて完成させたのだという。

「元々持って来た測定器は全部お釈迦になっちまってな。まぁ、それほどこの魔晶石の魔力量がとんでもねぇってことなんだが」

「これをいったいどこで……って、そうか」

「例の入り江よ。光石の話を聞いたときにもしかしてって思ってな。大当たりだったぜ」

ギルガスの話によるとあの入り江にあった天井一面の光石が陽の光のように輝き続けていたのは、

あの場所に魔素が充満していたという意外にも原因があり、それが壁一面の魔晶石だという。

僕らは普通に岩の壁だと思っていたが、どうやらその全てが超高濃度の魔晶石になっているのだそうだ。

先に魔晶石は主に魔物の体内から採取されるといった。

だけどそれ以外にも魔晶石の鉱脈というのがいくつか見つかっている。

市場に出回っている魔晶石の大半は実は魔物由来ではなくそういう場所から採掘されたものだ。

そして共通しているのは魔晶石の鉱脈がある場所は総じて魔素が濃い。

「たぶんだが、あの入り江はできた当時はもっとヤバイ場所だったんじゃねぇかな」

入り江ができた当時、あの場所には人や生き物すら入ることができないほどの濃い魔素が充満していたのではないかとギルガスは言う。

そしてその魔素に触れていた壁面が濃すぎる魔素を吸収することによって変質してできたのがこの魔晶石なのではないかと。

「この島は元々この辺りですらかなりの魔素の濃さだからな。もしかすると昔はもっと濃くて、それが薄まって生き物が暮らせるくらいまでになった。だがあの場所は島の奥底だ。むしろ島の上に溜まっていた魔素が流れ込んで濃縮されて、結果とんでもなく濃くなっちまったのかもしれねぇ」

人だけでなく魔物ですら生きられないほどの魔素の濃さとはどれほどのものなのだろうか。

僕が知る限り魔物が暮らせないほどの場所は記憶にない。

たとえ深淵と呼ばれるほど深いダンジョンの最下層でさえも魔物は生息していると聞いている。

「まぁとにかく測定器ができたおかげでこの石が魔晶石だって確定したんでな。レスト様に報告に来たってわけだ」

「今日まで報告がなかったのは、この石が本当に魔晶石かどうかわからなかったからなんですね」

「ああ。もしかしたらやべぇもんかもしれなかったからな。誰にも触らせず作業場の奥で調べてたんだよ」

この島にあるものは植物も魔物も鉱石も外の世界のものとはかなり違う。

赤色の塗料の元となる赤崖石も、あれほど鮮やかなものは外界に存在しないとキエダは言っていた。

レッサーエルフの里の地下にあるミスリルも、見たことがないくらい純度が高いとドワーフの弟子たちが喜んでいたのを覚えている。

「てなわけでよ。早速なんだがお前さんにひとつお願いがあるんだが」

「なんですか？」

「この魔晶石を使ってこれからいくつか魔道具を作ろうと思ってるんだが、この純度の魔晶石は今までワシですら扱ったことがねぇのよ」

ギルガスはそう言って腰に下げていた小さな鞄からふたつのものを取り出した。

それは魔法灯という持ち運びできる光を放つ魔道具と、四角い小さな石の欠片《かけら》だった。

「こいつはあの魔鉱石を通常魔道具に使われる形に加工した奴でな。これを魔法灯に入れるとどうなると思う？」

「魔法灯が光るんじゃないですか？」

「それじゃあ実際に見てもらうか。ちょいと眩《まぶ》しいかもしれねぇから目隠しして魔晶石を取りつけて
――一応手袋もしておいてっと……それじゃあいくぞ」

ギルガスは着ていた上着を魔法灯にかけ、手袋をした手を中に入れ魔法灯の起動準備を完了させる。

それなりに厚手の上着なのでこれじゃあ光っても見えないいんじゃないかと思って見ていると。

バシュッ！

ギルガスが魔法灯を起動させた瞬間、かけていた上着が爆発したのではないかと錯覚するほどの光が一瞬部屋を満たした。

「うわっ」

眩《まばゆ》い光に思わず目を閉じ声が出る。

「うっ。これならもう一枚何か布でもかけておくべきだったな」

ギルガスは僅かに苦い顔をすると、魔法灯にかけられていた上着を取り去った。

その中から出て来たのは。

「焦げてる……」

「そうだ。見てのとおり魔晶石の出力があまりに強力すぎて、従来の制御装置では制御しきれずこうなってしまう」

ギルガスはそう言って壊れた魔法灯を机の上に置くと慎重に魔晶石を取り出した。

「ワシが最近ずっとやっていたのはな」

それから今度は自らの腰にぶら下げていたもうひとつの魔法灯を壊れた魔法灯の横に置くと。

「まぁ、見ていてくれ」

その新しく出した魔法灯に先ほどと同じように魔晶石を取りつけた。

そして今度は上着をかけることもないままギルガスは魔法灯を起動させる。

僕は先ほどの光を思い出し思わず目を閉じる。

だが一向に眩しい光が瞼《まぶた》を灼《や》く気配がない。

「あれ？」

仕方なく恐る恐る薄目を開けてみると、先ほどとは違い、普通に光る魔法灯がそこにあるだけだった。

「まだ調整が完璧ではないから少々暗くなってしまったが」

彼の言うとおり、起動した魔法灯の光はそれほど強くなく眩しさも感じない。

だけど同じ魔晶石を使っているはずなのに、この違いはいったい何なのだろうか。

「実はこっちの魔法灯にはワシが作った魔制装置が取りつけられていてな」

ギルガスは灯りを消し、魔法灯から魔晶石を取り外しながら話を続けた。

「魔晶石から供給される魔力の量を一定以上増やさないようにすることができる装置なんだが」

口を動かしながら今度は魔法灯の底部の部品を取り外す。

そしてそこから親指の先くらいの大きさしかない何かを引っ張り出した。

「その装置を作るために必要だったのが、このクズ魔晶石だ」

「えっ」

クズ魔晶石というのは、その名前からわかるとおり使い物にならない魔晶石の総称である。

鉱脈や魔物の体内から得ることができる魔晶石であるが、その中には何故か内包する魔力が上手く出力されないものが僅かではあるが存在していた。

魔道具に取りつけてもまともに機能しないそれは使い道のないゴミとして扱われ、いつしか誰もがそれをクズ魔晶石と呼ぶようになった。

「そのクズ魔晶石が魔制装置というのに使われているんですか？」

「そういうことだ。実はクズ魔晶石には他の魔晶石の魔力の流れを阻害するという厄介な性質があってな」

「それ、知ってます。だから魔晶石をたくさん使う魔道具や魔導装置を動かすときにはクズ魔晶石が紛れ込んでないかを確認する必要があるんですよね」

「さすがにそれくらいは知っているか。つまりその性質をワシは利用した訳だ」

本来であれば厄介な代物でしかない『魔晶石の魔力の流れを阻害する』という性質を逆に利用し、異常な出力を出す島の魔晶石を制御する。

その研究をギルガスはこのところずっとやっていたのだという。

「といってもクズ魔晶石のことを思い出したのはつい先日だがな」

それまではなんとか魔道具のほうを魔石の高出力に耐えられるようにならないかと研究していたそうだ。

しかしそれを見ていた娘のジルリスのひと言で彼は閃いた。

「あいつが『あらあら。このじゃじゃ馬ちゃんってばクズ魔晶石とは違った意味で厄介な代物なのねぇん』とか言ってよ。それで思い出したんだよ」

ギルガスの口からジルリスのモノマネが出るとは思わなかったので少し驚いたが、たしかに厄介な魔晶石という部分は同じである。

「気がついたはいいんだが、クズ魔晶石なんてすぐに手に入るもんじゃねぇ」

魔晶石の品質については市場に並ぶ前に大抵検査される。

つまりクズ魔晶石はその段階で廃棄処分にされるために市場で手に入れることは不可能に近い。

だけどそんなものを欲しがる人もいないため今まで誰もそのことを気にしてはいなかった。

「だけど思い出したんだよ」

「何をです？」

「王国が『クズ魔晶石を捨てていた場所』をだ」

たしかに使い道のないクズ魔晶石はどこかに集められて捨てられているはずだ。

だけど僕は今までそれがどこに捨てられているかなんて考えたこともなかった。

「どこなんですか」

「クズ魔石ってのは、簡単にいやぁゴミだ。しかも他の魔晶石に悪影響を与えるかもしれねぇ厄介なゴミだからな。そんなものは王都の近くにゃあ捨てられねぇ」

「それはそうですね」

「そんな厄介な代物を押しつけられるとしたら、王国から見て取るに足らない、見捨ててもいい土地ってことになる」

「つまり辺境のどこか……ということですかね」

「そうだ。そしてワシはそのゴミ捨て場にされている領地のひとつを知っていた。そこはな――」

ギルガスはそこまで口にすると手にしたクズ魔晶石を加工したものを僕に突きつけて言った。

「旧カイエル領。お前さんの母親が生まれ育った場所だ」

「まさか、あそこに……」

「そうだ。今は隣領に吸収されてトリストスってところの領地になっているがな」

母が生まれ育ったカイエル領が既になくなってしまっていることは知っていた。

ダイン家に母を奪われたあとも跡継ぎが生まれず、何故か養子を取ることもなかったカイエル伯の真意は不明だ。

だが彼が亡くなる以前からカイエル領を隣領であるトリストスへ編入するということは決まっていたらしいとキエダから聞いたことがある。

「まさかギルガスさんはトリストスまでクズ魔晶石を仕入れに行ってたんですか？」

「そんなわけあるか。ワシがここを発って今日まで何日だと思っているんだ」

たしかに港町オミナと旧カイエル領は共に王国南部にあるとはいえ乗合馬車を使っても移動に半月はかかるだろう。

だけどギルガスの話はクズ魔石をそこで手に入れたと言わんばかりだった。

「実は昔なじみがオミナに食堂を開いていてな。そいつはカイエル領から移住してきたヤツでな」

「ギルガスさんがいた頃ですか？」

「お前さんの母親が生まれてすぐだから四十年近く前になるか」

オミナで食堂を開いているというその人の母親に、ギルガスはとても世話になったのだという。

それどころか彼が武器鍛冶師でなく生活鍛冶師を目指そうと決意した切っ掛けを与えてくれた一人なのだとか。

「そいつ……アレッタっていう女だったんだが、食堂の店主ってのがそのアレッタの娘でな。アレッタが死んですぐ旦那と子どもとともに旦那のふるさとのオミナに引っ越してきたらしい」

ギルガスがアレッタという名前を口にするときに見せた表情はどこか寂しげだ。

それだけで彼がその人のことをどれだけ大切にしていたのか伝わって来る。

もちろんそれは恋愛感情ではないことはたしかだが。

「んで、子どもの時に集めた宝物を入れた箱を引っ越しの荷物に入れて持って来たって見せられたんだよ」

「その箱って」

「ワシが作ったものだ。たしかあの子の――アリシアの誕生日にプレゼントしたヤツだった。それを今まで何十年も大事に持ってるってなぁ物持ちがよすぎんだろ」

「その箱自体が彼女の宝物なんでしょうね、きっと」

「そういやワシが初めて生活鍛冶で作った鍋もアレッタから嫁入り道具に渡されて今も使ってるって言ってたな。新しいヤツを作ってやるって言ってやったのに『この鍋じゃなきゃこの店の味は出ない』とか言って断られちまった」

とても。

とても嬉しそうにそう口にするギルガスに僕もつい笑顔が浮かんでしまう。

「っと、話がそれちまったな。で、その箱の中にクズ魔晶石の欠片が入っていたことを思い出してな。急いでそれを貰いに行ってたんだよ」

「そういうことだったんですね」

「まぁ、といってもクズ魔晶石が島の魔晶石の制御に使えるってわかったからにはもっとクズ魔晶石を手に入れないといけねぇ。ってなわけで一度ワシはトリストスへ行こうと考えてるんだが」

ギルガスが言うにはこの島の魔晶石とクズ魔晶石の組み合わせを上手く使えば高性能の魔道具や、同じ魔道具でも島の外のものと比べて長期間駆動するものが作れるという。

最近は島のミスリルを使って既にドワーフたちが魔道具製作を始めてはいたが、それを動かすための魔石を集めるためには魔物と戦って得るしか方法がなかった。

ヴァンやキエダのような戦える者がファルシとともに狩りをすることで肉と魔石は手に入れていたが危険は少ないほうがいいに決まっている。

特に魔石に関しては強い魔物ほどいい魔石を持つため、ヴァンがそれを手に入れようと無茶をして怪我を負ったこともあった。

キエダやファルシが同行していたおかげで大きな怪我にはならなかったし、獣人族からするとかすり傷程度のものでもあった。

だがそれは幸運だっただけだ。

なら安全のためにコーカ鳥たちも連れて行けばいいとも考えた。

だけどコーカ鳥たちは草食魔物であるため、身を守る戦いは得意だが自ら攻撃することはほとんどないためコーカ鳥たちにとってかなりのストレスになることがわかった。

なので狩りには連れて行けず、結果としてファルシにかかる負担が大きくなってしまっていた。

しかし狩りをしなくても魔晶石が手に入るとなると話は変わる。

無理に狩りで大物を狙う必要もなくなるし、肉については畜産が始まれば狩りすら必要がなくなる。

「それでだ」

僕が皮算用をしているとギルガスがずいっと身を乗り出して、僕にペンを手渡してきた。

「トリストス領からクズ魔晶石を輸入するために一筆したためてくれねぇかい？」

「輸入ってことは、国として公的に取引をするってことですよね」

「ワシ個人を紹介してくれる形でかまわん。まぁ、あっちからすれば上から押しつけられた粗大ゴミだからタダで持っていけとか言うかもしれんが、それだと相手を騙しているようで気分が悪いからな」

この国で初めて契約する『輸入商品』が、まさかクズ魔晶石になるなんて思わなかった。

といってもしばらくの間はカイエル公国が輸入するのではなく、ドワーフのギルガスが買い入れるという形になるのだけど。

「それはかまわないんだけど」

問題は支払いをどうするかだ。

現状我が国には対価として払う資金がない。

現金化できるものもあるにはあるが、通常の方法では売りさばけないものばかりなのがもどかしい。

少量の金銭であれば、ギルガスたちが鍛冶で作ったものを売ればなんとかなるだろう。

だけど彼の口ぶりではかなりの量のクズ魔晶石を買い入れるつもりらしい。

しかもきちんと価値に見合った対価を払った上でだ。

となると手持ちの資金では不安がある。

どうにか出所を隠したまま島の資源を売る方法はないだろうか。

ずっとでなくていい。

この島の、この国の足下がある程度固まるまででかまわない。

「購入資金をどうしようか」

「せめて普通の金なり銀なりが採れる場所がわかればすぐにでも掘ってきてやるんだがな」

「今のところ稀少鉱石ばかりで、どれもこれも多く売ると目を惹いてしまうものばかりなのがもどかしいよ」

島内で自給自足の生活をしている分にはお金は必要ない。

だけど外との交易をするためにはお金は必要だ。

「金か。ワシもそれほど蓄えがあるわけでもないしな」

「この島にはまだ交易に使える通貨もないしね」

そのためにもいつかは自国できちんとした通貨を作る必要がある。

お金の作り方は世界共通で白金、金、銀の三つの金属で作ることになっている。

これはこの三種類の金属の価値が他の稀少金属に比べて流通量が多く、かつ価値が一定に保たれているのが理由だ。

鉄や銅などは流通量が多すぎて価値の変動が激しいため国同士の取引には向かず、逆にミスリルやオリハルコン、アダマンタイトなどは通貨として流通させるには高価すぎるために使われることは滅多にない。

ごく希に使われることがあってもそれは記念硬貨などである。

「金銀がなくてミスリルはあるんだけどなぁ」

僕はそうぼやきながら素材収納からミスリルの欠片を手のひらに取り出す。

美しく銀色に輝くそれは、銀より軽く魔力伝導率が高いために高価な魔道具の心臓部に使われることも多い。

「レスト様、よろしいでしょうか」

僕とギルガスが額を突き合わせて悩んでいると、扉の外からキエダの声がした。

「かまわないよ」

「では、失礼しますぞ」

扉からキエダが部屋に入ってきた。

途端に僅かに顔をしかめる。

「何か焦げたような臭いが……」

「それはあとで説明するよ。それより何か用があって来たんだろ」

「そうでした。実は先ほど伝書バードが一羽帰ってきましてな」

キエダの手には一通の封書が握られている。

「どこかに手紙を出していたの？」

「はい。先日カヌーンから聞いたと思いますが、私の古い友人であるディアールがオミナにいるというので連絡を取ってみた次第」

カヌーンがオミナで会ったと言っていた人物か。

たしか王都の商業ギルドにいたのが辺境のオミナに都落ちしてきたんだっけ。

「それでですな。今度の仕入れの時に彼と一席設けたいのですがよろしいですかな？」

「その言い方だと僕も一緒にってことだよね」

「はい。もしかするとこの国の資源を販売できる伝手《つて》を手に入れられるかもしれませんので」

「資源を売れるだって！」

僕は思わず大きな声で叫んでしまう。

だってそうだろう。

今まさにそのことで僕とギルガスは頭を悩ませていたのだから。

「はい。ディアールは冒険者としては三流止まりでしたが、商売人としては私も驚くほどの才能を目覚めさせましてな。今回の手紙でこちらが今困っていることを相談してみたところ、何かしら解決方法を思いついたらしく――」

キエダが言うには彼とディアール、そして当時の彼の仲間たちしか知らない暗号文があって、その暗号を使えば他の誰に知られることなく秘密裏の相談も可能だったそうだ。

「もちろん行くよ」

こんな話を断れるわけがない。

僕が即答するとキエダは「話はまだ終わっておりませんぞ」と苦笑いを浮かべて、今度は僕ではなくギルガスのほうを見て言葉を続けた。

「実はこの手紙には、その解決方法のためにギルガス殿にも同席してほしいと書かれておりまして」

「ワシもか?」

「いかがでしょうか?」

「別に構わんが。それにクズ魔晶石の残りをアリシアのところに貰いにいくつもりだったから好都合だ」

「クズ魔晶石……そんなものを何に」

僕は首を傾げるキエダに先ほどのことを詳しく話した。

「なるほどそれで焦げ臭かった訳ですな。しかしこんな部屋の中でそんな実験をして何かあったらどうするおつもりだったのですかな」

「すまんすまん。工房で何度かやって、そこまで危険はないことは確認済みだったからついそのままやっちまった」

「しかしそういうことであればいつまでもクズ魔晶石と言うのもなんですな」

「どういうこと?」

「有用性が認められた以上、それはもう『クズ』ではございませんからな」

キエダは僅かに思案すると、軽く両手を打ち合わせ。

「ではこういうのはどうでしょう。クズ魔晶石ではなくこれからは『制魔石』と呼ぶというのは。それとギルガス殿が持って来たその高濃度の魔晶石は『黒魔晶石』でいかがですかな?」

「制魔石と黒魔晶石か。たしかにそのほうが区別がついてわかりやすいね」

「ふむ。たしかにな」

キエダは自慢げに髭を撫でながら「名前というのは大事なのです」と胸を張った。

何か過去に名前で苦労をしたことでもあるのだろうか。

「ではディアールとの件、お願いいたしますぞ」

「その話が上手くいけばいろいろな問題が解決するかもしれないし、こちらこそよろしくだよ」

「そうですな。ディアールが王都の商業ギルドから辺境へ左遷されたのはヤツにとっては不運だったでしょうが、我々にとっては僥倖《ぎょうこう》と言うしかありませんぞ」

キエダの口ぶりからすると、そのディアールという人物は余程やり手なのだろう。

「そんな優秀な男が何故飛ばされたのかは気になるがな」

「それはたしかに気になるけど」

「しかしあまり個人の事情に踏み込むものではないだろう。とにかくこれでクズ魔……制魔石の輸入資金の目処がついたか」

ギルガスはホッとした表情でそう呟いた。

「まだどうなるかはわかりませんけど」

「とりあえず買い出しは明後日だったな。それまでに制魔石の研究を更に進めておくぞ」

「そうですね。その間に僕もいろいろと準備しておきます」

その後、僕らはディアールとの会談に向けてそれぞれ必要なことをテリーヌが朝食の時間だと呼びに来るまで話し合ったのだった。

＊　＊　＊

「初めましてレストです」

「これはこれはご丁寧に。オミナ商業ギルド長をさせてもろてますディアールです。お噂は常々キエダさんのほうから聞いとりますわ」

「いったいどんな噂か気になりますね」

オミナの港からほど近い場所にある商業ギルドの応接室で、僕たちはディアールとの交渉の席に着いていた。

キエダの元同僚で冒険者だったと聞いていたのに思っていた以上に若い見た目の彼に最初驚いたものの、話を聞いてみるとキエダより十歳ほど若いらしい。

元々孤児で、キエダの荷物を盗もうとしたことが出会いの切っ掛けだったとか。

「ギルガスだ」

「おお、貴方が最近この街によく顔を出すっちゅうドワーフ族の方ですか」

「噂にでもなっているのか？」

「そりゃもう。ドワーフさんたちに気に入られればその街は安泰。とんでもない性能の武具を街に残して行って向こう十年は好景気が約束されるっちゅう伝説すらありまんねん。噂にならんほうがおかしいって話ですわ」

キエダから聞いていたとおり西方訛りがかなり強い。

「せやけど今この街に顔を出すドワーフさんたちは一向にその気配はあらへんらしくて、よく街の偉いさんから『ギルド長、なんとかなりませんか』って相談されてますねんけど、そんなこと己らで考えなはれって話ですわ。せっかくギルド長になったのに便利屋扱いで辟易《へきえき》してまんねん」

ディアールは細い目を更に細めて面白い話をするかのように喋りまくる。

「ディアール。長話はその辺にするですぞ」

思わずキエダが、まだ続きそうな話を止めるため口を挟んだ。

だが、どうやらギルガスはそれを気に入ったようで。

「ふははははっ。たしかにワシら以外のドワーフが来ていればこの街もひと儲けできたかもしれんな。ギルド長様には迷惑をおかけした」

と豪快に笑って右手を差し出すと、お互い意味深な笑みを浮かべながら二人は熱い握手を交わした。

僕には理解できなかったけれど、もしかするとディアールはドワーフ族の気性を知った上であんな一見すると失礼な話をしたのではないだろうか。

「キエダさんも久しぶりでんな。王都以来ですかねぇ」

「そうですな。まさかお前がこんなところにいるとは思わなかったですぞ」

「私もキエダさんがこんな南の僻地にいるなんて思いもせえへんでしたわ。聞いてた話じゃあ北の紛争地帯に近いところに向かったっちゅう話でしたし」

たしかに本当であればその予定だった。

だけどレリーザのおかげで僕はあの島に島流しにされてしまった。

今となればそのおかげでいろいろな人たちと出会えたから、その件に関しては既に恨みはないけれど。

「北へ行くという話をどこで聞いたんですか？」

僕のことは身内の恥のような扱いだった。

だからあまり外部にその話は漏らしてなかったはずなのだが。

「商売人にとって情報は命や。大貴族の元跡取りがどこへ行きよるかなんて情報は嫌でも耳に飛び込んで来ますわ」

「その割には情報が間違ってましたがな」

キエダがあきれたように口を挟む。

「ギルドの幹部が直々にダイン夫人に頼まれて情報操作までしてたさかい、私もすっかり信じ込んでしもうてましてなぁ」

レリーザの息がかかった者が商業ギルドの幹部にいる。

そんな重要な情報をさらっとディアールは口にした。

「まぁ、そいつはもう私と同じように地方へ飛ばされよりましたけどな」

僅かに口角を上げそう言うディアールの顔に僕は僅かに悪寒を覚えた。

彼がこの地へ飛ばされたのは、もしかしてその幹部が飛ばされたことと関係があるのではないだろうか。

「ディアール。本性が出ておりますぞ」

「おっと、すんまへんな。言うてもキエダさんの前では取り繕ってもしゃーないですやろ?」

肩を竦めるディアールの顔からは、先ほど一瞬感じたような妙な怖さは消えていた。

しかしキエダの言葉からすると彼の本性はあちらのようだ。

本当にこの人と取引してもいいのだろうか。

「キエダさんとの積もる話はまたあとで酒場でするとして」

僕が不安に思っていると、ディアールは人畜無害そうな笑顔を浮かべ口を開く。

「いつまでも立ち話もなんですしどうぞおかけください」

そして僕たちに座るように勧めてきた。

応接室のソファーは、辺境とはいえさすが商業ギルドと言えるような立派なものだった。

「それじゃあ」

「うむ」

彼の対面に僕とギルガスが座り、その横にキエダが立つ。

「おや、キエダさんは座らんのですか?」

一向に座る気配のないキエダにディアールが問いかける。

「私はレスト様の臣下ですからな。臣下が座る訳にはいかんですぞ」

「ははっ。キエダさんは本当にそういうところは昔から変わらへんなぁ」

キエダの頑固さを知っているのだろう。

ディアールは無理強いせずにそれだけ口にすると僕のほうへ目線を移した。

「それでは時間もないことですし、早速本題に入りましょか。と、その前に」

ディアールは中央のテーブルの上に置かれた四角い箱に手を伸ばすと、その上部を軽く叩いた。

その箱のことは僕も知っていた。

「防音の魔道具ってやつですわ。これでこの部屋の中の音は一切外には漏れしまへん」

部屋の壁に沿って音を遮断する結界を張ることで外部へ会話を漏らさないようにする。

貴族たちが秘密の話をするときによく使われていた魔道具だ。

しかし欠陥というほどではないが弱点もある。

それは結界を張った部屋の中に既に入り込んでいる者には効果がないということだ。

それを利用し、エルなどは結界が張られる前に先に侵入して身を隠しつつ情報を奪うという手段を使っている。

大抵の人は防音魔道具が使われたことに安心して口が軽くなるのだ。

つまりもしこの場にエルと同じように先に忍び込んでいた者がいれば魔道具も意味はない。

「安心してください。賊が部屋の中に先に入り込んで隠れていることはありまへんわ」

「ははははっ」

まるで僕の思考を読んだかのような言葉に僕は思わず乾いた笑いを漏らす。

「さっさと本題に入るのですぞ」

「そんなに急かさんといてくださいよ。せっかちなんやから、もう。ほな早速始めさせてもらいます」

キエダに急かされ、ディアールはそう言いながら一枚の書類をテーブルの上に置いた。

「今日ギルガスさんにご同行願った理由のひとつはこの売買契約書ですわ」

「ほう。ワシとお主の間に売買契約を結ぶのか」

「そうです。キエダさんにはさっき島から採れたっちゅう赤崖石と光石を見せてもらいましてな。やっぱりギルガス様の力が必要だと再確認した次第で」

ディアールは「といってもこれはそうそう使える手ではないんやけども」と前置きして。

「あれほどの鉱物資源ともなると王都の商業ギルド本部にいた私でもほとんど――いや、一度も見たことがない代物なんですわ。光石のほうもなかなかええもんでしたが、特に赤崖石の純度は誰も見たことないくらいのもんや」

「たしかに島の赤崖石にはキエダもかなり驚いていたっけ」

「そのくらいの品物となると、誰もがその出所を探ろうとするでっしゃろ」

「それは困ります」

「聞いとります。つうことで今回このような書類を用意したって訳ですわ」

ディアールがテーブルの上の売買契約書を持ち上げて僕とギルガスに向けた。

そして何やら大量の文字が書かれているその書類の一点を指で指し示す。

「赤崖石売買契約書？」

「はい。赤崖石の正規ルートでの売買についてはギルガスさんが持ち込んだものとして処理させていただきたいんですわ」

「ワシがか？」

「ええ。この国においてドワーフという存在は別格の意味を持ってることは周知の事実。未知の技術を持ち伝説級の武具を作り上げ、国や領地に富をもたらす者。逆にその機嫌を損ねることがあれば二度とドワーフたちはその地に富をもたらすことはなくなると」

なるほど。

ディアールの考えは読めた。

つまり彼はこう言いたいのだろう。

赤崖石を持ち込み売ったのがドワーフ族であるなら、見たこともない純度の鉱石でも不思議ではない。そしてなにより聖域ともいえるドワーフには誰も手出しすることはできないため、ギルガスに無理矢理詰め寄ることもできない。

「私は突然持ち込まれた赤崖石をドワーフ族の機嫌を損ねないように正しい値段で買い取りさせてもろただけ……ちゅーことになりますな」

最近オミナの街に現れていたドワーフが、手持ちの赤崖石を売りに来たということにすれば、ドワーフに対して信仰に近いものを持つこの国の人たちは赤崖石の出所に疑いすら持たない。

ドワーフの国については、ドワーフたち以外だとほとんど誰も知らないため神秘的な土地という扱いだ。

そこなら今まで見たこともない高純度の赤崖石が発見されてもおかしくはないと誰もが思うだろう。

「これで当面の資金は確保できるはずです。何せあの純度の赤崖石やから光石と合わせれば売値はだいたいこれくらいにはなるやろ思います」

ディアールはそう口にしながらメモ用紙に数字を書く。

その桁数は僕の想像を二桁も上回っていて、思わず息が詰まる。

「交渉次第なのでこのとおりの金額になるとは言い切れへんのですけど」

「交渉ですか」

「そもそもあれほどの赤崖石は今まで市場に出たこともないいんちゃうかってものですんで、もしかするともっと高値で売れるかもしれまへんな」

メモ用紙に書かれた数字でも驚く金額なのに、それよりも高く売れるなんて想像できない。

「その交渉はディアールさんがやってくれるということですか？」

「直接私がする訳ではあらへんのです。何せ私はギルド職員ですからね、あくまで窓口としてしか動けへんので。せやけど信頼できる商人に必ず任せますから安心しといてください」

商業ギルドとの付き合いは僕にはない。

なのでどういう仕組みで運営されているのかも知らなかった。

てっきりギルドの職員が直接買い取りや交渉役をするのだと思っていたのだが勘違いだったようだ。

「と、ここまでは表の話でや」

「表？」

ディアールはなんとも言えない胡散臭い笑みを浮かべて、手を一度打ち鳴らしてから大きく広げ。

「ここから先は完全に私と皆さんだけの秘密の商談ということですわ」

と、大袈裟な身振りで告げた。

「えっ」

「単刀直入に言わせてもらいます。貴方の国の稀少品を裏市場に流させていただいてもかまいまへんか？」

「裏市場ですか？」

「ええ、そうです」

裏市場という言葉の黒さが僕に返事を躊躇わせた。

どう考えてもそれはまともな市場とは思えない。

「あっと勘違いせんといてください。『裏』とは言ってますけど違法なものを扱う場所やないんです」

「そうなの？」

「まずはその説明からすべきですぞディアール」

横合いからキエダが批難めいた忠告を口にする。

「たしかにそうですな。ではまず先に裏市場の説明をさせてもらいまっさ」

ディアールは口の端に作ったような笑みを張りつけてそう言うと裏市場について教えてくれた。

「まず裏市場と言われとりますが実際はそんな黒いもんやあらしまへん。ただ一般人は入れへんけどね」

裏市場に出入りできるのは貴族や大富豪、大商人と関係者のみだとのこと。

これには取り扱われる商品に理由があった。

「貴族はんの持ち物ってのは高級品や芸術品ばかりでっしゃろ？　せやけどそういうものを普通の市場に流すっちゅうことをあの手の人らは嫌うんですわ」

「どうして？」

「レスト様は貴族やからわかるんちゃいます？　貴族って人らは世間体っちゅうもんに異常にこだわりますやろ？」

そんな彼らは、たとえ不要になった品であっても一般市場に品物を売りに出すということをしたくないらしい。

そんなことをすれば自分の家が金に困っていると思われるかもしれないからだ。

「まぁ実際は金策で売る人がほとんどなんやけどな」

そう一笑してディアールは話を続ける。

「そんなわけで貴族や金持ちが自分たちの持ち物を自分たちの名前を明かさず金にする市場が欲しいっちゅうてできたのが裏市場ちゅうわけですわ」

「ということは裏市場って商業ギルドが作ったってことですか？」

「もちろん。そういうもんはきっちりと管理運営しとかんと手がつけられん本物の裏市場が生まれてしまうさかいな」

「本当の……」

「せや。盗品や人身売買、危険な魔道具や違法薬物。そんなもんが貴族が関係するところで取引されてもうたらいろいろと厄介なりますやろ」

とはいっても現実はそういった本物の裏市場は存在するとディアールは言う。

そういうものは潰しても潰してもまた作られるが、それを大きなものにしないことが重要なのだそうだ。

「言い方おかしいかもしれへんけど正常な裏市場をきっちり運営しておけば、持ちつ持たれつで結果的に有力者と商業ギルドとの結びつきは強固になるってことですわ」

裏市場の決まりは『売主』と『買主』の情報はお互い非公開で行われることだ。

商業ギルドのギルド職員がそれぞれの代理人として取引を行うことでそれを実現しているという。

しかしそのために取引に時間がかかってしまうのは仕方がないことだろう。

「つまりその裏市場で島から産出されるものを売ると言う訳ですね」

「そういうことですわ。それなら出所を探そうとしても簡単には行きまへんから。その代わり手数料はそれなりにお高くなっとります」

「というと？」

「裏市場で売買を行った場合、売主に入ってくるのは表市場の七割ほど。つまり三割は手数料とかいろいろなものに取られてしまうんですわ」

なるほど。

そういった裏市場を維持する手間暇を考えれば、三割の手数料がかかるのもわかる気がする。

しかし三割は安くはない数字だ。

それだけ引かれるのはかなり痛い。

だけど今の僕らには他の選択肢は残されていないのもたしかだ。

「三割取られるのがキツいのはわかりま。せやけど――」

「それで構わないよ」

「――これが最善手やと……ええんでっか？」

僕が難色を示すとでも思っていたのか、はたまた値切り交渉が始まると思っていたのだろうか。

あっさりと許可を出したことにディアールはぽかんと口を開けて僕の顔を見ていた。

「それでどれくらいの量なら捌けますか？」

「あっ……えっと……せやね」

バタバタと取り出したメモのページを慌てて捲《めく》るディアール。

「とりあえず一年で捌けそうな量はこれくらいですやろか」

メモを一枚切り取って、ディアールはそこに数字をさらさらっと書きつけた。

それを見て僕とギルガス、そしてキエダは思わず「これだけか」と溜息をつく。

なぜならそこに書かれていたのはギルガスの名で流通させる量の五倍程度だったからである。

「せめてアレの純度が半分くらいのもんやったらどれだけでも流通させられますんやけどな。あそこまで行くとさすがに大量に出品するといくら裏市場でも危険やと思います」

「ですな。レスト様、今はこれで我慢しておきましょう」

キエダが顎髭を撫でながらそう言った。

たしかに今はまだ無理をする時期じゃない。

そもそも既に表の流通分で得られる予定の資金でも当面資金には困らないほどになるわけで。

その七割とはいえ四倍近くの金額が足されると考えれば文句はない。

「じゃあそれでお願いします」

「任せてください。そうと決まったら善は急げや」

慌ただしくディアールは立ち上がると奥の机の引き出しから書類とペンを取り出して来て僕の目の前に置いた。

「では改めてレスト様。裏市場での取引に対する委任状にサインをお願いできまっか？」

彼の言葉に僕は小さく頷く。

そして書類に書かれた文面をひと通り確認した。

既にディアールのサインは記されていて、あと僕がサインすれば完成のようだ。

一応キエダにも文面を読んでもらい、問題がないことを確認してからテーブルの上のペンでサインを書く。

これで契約は成立だ。

「えっ」

なんとかここに来た目的を達成できたことにホッとして書類を眺めていたときだった。

突然その書類の文字がゆっくりとうっすらいでいくと完全な白紙に変わってしまったのである。

「レスト様はこういう契約書を使うのは初めてですか？」

驚いて契約書だった紙をひっくり返したり斜めにしたりして見ている僕にディアールは愉快そうな声で話しかけてきた。

「裏市場に関わる取引ですからね。書類も普通の紙とペンじゃないんですわ」

「でも消えてしまったら契約書の意味がないのでは？」

戸惑う僕の手から契約書をひょいっとディアールは奪い取る。

「大丈夫。契約者がこの紙を持って見えるように念じれば――ほら、文字が元どおり見えるようになるんですわ」

彼の言うとおり、さっきまで白紙だった契約書に元のように文字が浮かんでいた。

「レスト様も試してみまっか？」

そう言うディアールから契約書を手渡され、また白紙に戻るのを待ってから言われたとおり念じてみる。

「ほんとだ。もしかしてこれも魔道具なんですか？」

「そういうことでんな。ほな、あとは任せてもろてよろしいですやろか」

「おまかせします。それで賞品のほうはいつ持ってきたらいいですか？」

「せやねぇ……裏市場が次に開かれるまではまだ日があるんで、二十日以内に届けてもろたらええですわ」

そう言いながらディアールは満面の笑顔で僕に向かって右手を差し出してきた。

「ほな、これからも末永くよろしくお願いします」

「こちらこそ」

僕はもう一度お願いしますと口にすると差し出された手を固く握り返したのだった。

＊　＊　＊

商業ギルドに表の市場に流す分の赤崖石と光石だけ預け、僕とギルガスはオミナの中心部へ向かっていた。

「なかなか面白い男だったな」

「そうですね。少々胡散臭かったですけど、キエダがあそこまで心を許してる人物ですから信用しますよ」

僕はギルドで別れるときのキエダとディアールのやりとりを思い出す。

今頃二人はディアールおすすめの酒場とやらに向かっている頃だろう。

僕たちも一緒にどうかとディアールから誘われたが、今日はこれから行くところがあるとキエダだけを残してきたのである。

「でもやっぱり帰る予定を明日にしてよかった」

「ふむ、たしかにな。再会の酒を酌み交わしたあとに船に揺られては人間族にはつらかろう」

「ドワーフ族と違ってね」

商談がどれだけかかるかわからなかったのと、買い出しのために一日欲しかったのもあって今日は例の宿に泊まることになっていた。

オミナの街にある宿は四件。

そのうち上から三番目にいい宿を僕たちは選んで契約をした。

一番豪華な宿は視察などで貴族が泊まることもあるらしく、出くわしたくなかったというのが大きい。

二番目の宿は資金的にも僕たちがお願いしたい長期契約には向かなかった。

そして四番目の宿は基本的に治安が悪くても構わないという客相手の宿だったので論外。

というわけで三番目の宿にお願いしたのだが、その判断は正しかったと思っている。

消去法で選んだ宿だったが、家族で経営しているその宿はとても素晴らしいものだった。

親子三代で宿の経営をしているというその宿は、元々は他の街から移住してきた店主の祖父が碌な宿のないこの街のために必要だろうと始めたのだという。

今でこそ漁師町としてだけでなく王国の交易船が立ち寄る港として整備されてはいるが、当時はまだ寂れた漁港でしかなかったらしい。

そんな街のためにと始めた宿という成り立ちを知ると、あの宿が僕たちの頼みをいろいろと引き受けてくれる理由もわかるというものだ。

さて、そんな宿に帰る前に僕たちが向かっているのは、町の中央付近にある市場からほど近い場所で、こぢんまりとした酒場や屋台が数件並ぶ飲食街だった。

「ここだ」

ギルガスが足を止めたのはそんな飲食店街の真ん中辺り。

小さめの家を改造した大衆食堂だ。

「ここがアリシアさんのお店ですか。なかなか味のある――」

「素直にボロっちくて薄汚い店って言っていいんだぞ」

「そ、そんなこと思ってないですよ」

「気にしなくていい。店主本人がそう言ってたからな。邪魔するぞ」

ガラガラと引き戸になっている扉を開いて、先にギルガスが店の中に入っていく。

その背中を見送りながら僕は店の外観をもう一度見た。

たしかに外観はかなりくたびれてはいる。

だけどきちんと手入れされているのか薄汚くは思わない。

「あっ」

それよりも僕の目を惹いたのは店の上方にかけられていた看板の文字だ。

そこには『カイエル食堂』という文字が大きく書かれていて。

一度は消えてしまったその名を語り継いでくれている人がいたことがたまらなく嬉しくなってしまった。

「アレッタさんか……一度会ってみたかったな」

僕はしみじみとそう呟くと、いつまでもギルガスを待たせておけないと思い出して彼の後を追って店の中へ入った。

「まだ準備中なんだけどね」

「すまねぇな。ちょいとお前さんに紹介したい人がいてよ」

「あたしゃ旦那も子どももいるんだよ？」

「そういうんじゃねぇよ。わかってるくせに。ほんと母親の悪いところばかり似ちまって」

僕が入っていくとギルガスが一人の女性とそんな会話を交わしていた。

その女性がアリシア。

ギルガスの人生を変えたアレッタという人の娘だ。

「おや、アンタが今ギルが言ってたお人かい？」

そう言って背の低いギルガスの頭越しにこちらを見て笑うアリシアに僕は軽く頭を下げる。

年は四十代くらいだろうか。

いかにも肝っ玉母さんといった風格を漂わす彼女に僕は自己紹介をした。

「初めまして。レストです」

ギルガスが僕のことをアリシアにどれだけ話しているかわからない。

なのであえて『カイエル』とは告げなかった。

「レスト……まさかギルがこの前言ってた」

「ああそうだ。このお方がレスト＝カイエル様だ」

「ええええっ。まさかレスト様!?　あらやだ、あたしゃ何も用意してないよっ」

先ほどまでの泰然自若とした姿は一瞬で消え、突然慌てて髪や服に手を這わせるアリシアにギルガスは「いまさらなにを取り繕っとるんだ」と笑った。

どうやらギルガスは僕のことをある程度は彼女に伝えていたらしい。

仕方なく彼女が落ち着くまで僕は苦笑いを浮かべながら待つことにした。

「ちょ、ちょぃいとお待ちになってくださいね」

そう言い残し店の奥へ消えるアリシアを余所に、ギルガスは店のカウンター席にさっさと座ると僕を手招きした。

「落ち着いたように見えて、あやつもまだまだ若いな」

「そりゃギルガスさんからすれば若いでしょうけど」

僕はギルガスの横に座ると店の中に改めて目を向ける。

六人掛のテーブルが四つと八人が座れるカウンター。

カウンターの中には調理道具と仕込み中の食材が置かれていた。

奥にあるのは魔導冷蔵庫だろうか。

見かけの古さからするとどこか中古で仕入れてきたのだろう。

魔導冷蔵庫は実際かなり高価で、個人で持っているのはかなりの金持ちか貴族くらいだ。

なので中古でも値は張るはずだが、それがあるということはこの店がかなり繁盛しているだろうということを伺わせた。

テーブルの上にはメニューらしきものが書かれた板が置かれていて、壁にもメニューと値段が書かれた板がそこら中にぶら下がっている。

見る限り値段はかなり良心的に思える。

「ごめんなさいね。少し慌てちゃって」

そうこうしている内に奥から少し身だしなみを整えたアリシアが戻ってきた。

僕はそんな彼女に苦笑いを浮かべたまま気になっていたことを尋ねた。

「いったいギルガスさんからなんて聞かされてたのかな？」

「ワシはただ、カイエルの血を継いだ者が王国を出て国を興したと言っただけだぞ」

いつのまにか自分で勝手に注いだらしいジョッキいっぱいのエールを飲みながら、ギルガスが無責任に笑う。

よほど彼女の慌てた姿が面白かったのか、未だにニヤニヤ笑いが収まっていない。

「ギルガスさんって昔からこんな感じだったの？」

「昔はもっとこう真面目で堅物の職人って感じだったはずなんだけどねぇ。しばらく会わないうちにただのがっはっはオヤジになっちまってがっかりだよ」

「誰ががっはっはオヤジだ。失敬な」

「アンタだよ！　ったく。レスト様もこんな人を部下に持って大変でしょう？」

文句を言いながらも空になったジョッキを突き出すギルガスと、それを受け取って自然な流れでエールを注ぐアリシア。

そんな二人の自然な関係に僕は羨ましさを感じる。

「いや、ギルガスさんにはいろいろと教えてもらうことが多くてね。大変だなんて思ったことはないよ」

「聞いたか小娘」

「あたしゃもう小娘って年じゃないよ。っと娘が帰ってきたみたいだね」

聞くとアリシアには息子と娘が一人ずついるらしい。

長男は父親と一緒に漁に出ていて、娘はだいたいこの時間になると港で父親たちが獲ってきた新鮮な魚を受け取って店まで運んでくるのだという。

「漁師さんって朝の内に漁を終わらせると思ってたよ」

「ウチの場合は店で出すために昼から出て夕方に帰ってくるんですよ」

「ただいまー。お母さん、持って来た魚どこに……ってあれ？　ギルおじさんまた来たんだ」

「またとはなんだ、またとは。お前さんも店を出すつもりならお得意さんは大事にしないといかんぞ」

店の奥から顔を出したのは十代後半くらいの女の子だった。

彼女がアリシアの娘なのだろう。

「まだ開店前なのにおかしいなって思ったのよね。ところで隣の人はギルおじさんのお友達？」

どうやら客がもういると思って裏口から入ってきたらしい。

ちょっと悪いことをしたかもしれない。

「お友達か……まぁそんなもんだ」

「どうもレストです」

僕の正体についてギルガスはまだアリシアにしか話していないらしい。

なのでここから僕はギルガスの友達を演じることにした。

「初めましてアリエルです。この店の看板娘してます」

ぺこりと頭を下げる彼女の後頭部でお下げが揺れる。

人なつっこい笑顔を浮かべ名乗った後、彼女は少しギルガスと会話を交わしてから「今日はいい魚が入ったから食べてってよ」と僕の腕くらいある魚を持ち上げて見せてきた。

見かけと違って僕より力がありそうだ。

「そうだね。せっかく初めてのお客さんが来てくれたんだ。腕によりをかけて最高の料理を食べさせてあげるよ」

「私も手伝うよ」

「そいつぁ楽しみだな。この店の料理は最高だからな」

ギルガスの話だと、この店で出される料理はオミナの新鮮な魚介類を使ったものに加え、旧カイエル領でよく食べられていた穀物と山菜を使った郷土料理もあるのだという。

それに加えアリエルが発案した両方を組み合わせた創作料理が更に絶品なのだとか。

「今日はそれを食べに来たようなもんだからね」

「期待に沿えるように頑張るよ。アリエル、下ごしらえの続きは任せたよ」

「はーい」

手際よく料理を始めた母娘を見ながら、僕はアリシアが用意してくれた甘めのミード酒に口をつける。

お酒がそこまで好きではない人でも楽しめるように発酵度合いを調整して甘みを強調させたそれはまるでジュースのようで。

その日僕は、初めて味わう母のふるさとの味と新鮮な魚に心も胃も溢れんばかりに満たされたのだった。

＊　＊　＊

今までこの街で食べた料理の中で一番おいしいものを食べることができた満足感で足取り軽く宿に帰った僕は、今夜眠る部屋の扉を開けた。

「レスト様、お帰りなさいませですぞ」

「あれ？　もう帰ってきたの？」

「彼奴も私も忙しい身ですからな。それに今日中にいろいろやっておかなければならないこともございましたし」

そう言ってキエダは一枚のカードを取り出した。

うっすらと銀色に輝くそれを僕は見たことがある。

「冒険者カード？」

それは冒険者として冒険者ギルドに登録した証として渡されるカードである。

表面を薄くミスリルでコーティングされたカードには改変不可能な魔術式が刻まれていて、持ち主のいくつかの情報が刻み込まれている。

ぱっと見では薄く小さな板に紋様が刻まれているだけに見えるが、冒険者ギルドでも資格を持った者以外は操作できない魔道具を使うことでしか中身の参照や変更が不可能な優れものだ。

「違います。これは商業カードですぞ」

キエダはそう言ってもう一枚同じようなカードを取り出すとふたつを並べて見せる。

うす銀色のカードが二枚。

あとから取り出したカードは最初に置かれていたものに比べてかなり古く、傷もついていた。

「こちらが私の冒険者カードですぞ」

「古さ以外に違いがわからないいんだけど。というかまだ持ってたんだ」

「身分証代わりに使えて便利なのです。それはそれとしてよく見るとわかるはずですぞ」

よく見ろって言われても。

僕はふたつのカードを手に取り表と裏をじっくり見比べた。

するとうっすらと表面に刻み込まれている紋様が違うことに気がついた。

「模様が違う？」

「商業ギルドと冒険者ギルド、それぞれの紋章が刻まれているのですぞ」

「これじゃわかんないよ」

僕は二枚のカードをテーブルの上に戻しながらぼやく。

言われてみればたしかに模様は違う。

だけどそれ以外はまったく同じものにしか見えない。

「とりあえずこれが商業カードだということはわかったけど、これがどうかしたの？」

「これは商業ギルドを通して商売をする場合に必須のものでしてな。ディアールを急かして作ってもらったのですぞ」

「えっ……飲み屋に行ってたんじゃないの？」

てっきりディアールと二人で昔話に花を咲かせているのだと思っていたが。

キエダの性格をすっかり忘れていた。

まぁ、ディアールもキエダのことはよく知っているだろうし、きっとやれやれと思いながら作ってくれたのだろうけど。

「きちんとその後に飲みに行きましたぞ。ディアールはああ見えて仕事はできる男ですからな。私の指示どおりにカイエル公国の口座も準備してもらいましたしな」

「口座って……」

「交易をするためには入出金の口座は必須ですぞ？」

「わかってるけど王国側にバレたりしないのかなって」

「相手が国であっても顧客情報は簡単に漏らさないというのが商業ギルドの掟ですから安心してよいですぞ」

商業ギルドは各国、各街に支部を持つ国際的なギルドだ。

同じく冒険者ギルドもそうなのだが、あくまで国というものから独立した存在である。

その始まりはとんでもなく古く、いにしえから商売をする人々を守り続けてきたらしい。

「国もギルドには手出しできませんからな」

「たしか昔、東大陸にあった大国が二大ギルドを潰そうとしたら物流も人の流れも全て止められて逆に潰されたんだっけ」

クレイジア学園で学んだ世界史。

その中でも大きく取り上げられていた話を思い出した。

「ですので二大ギルドは顧客を売るようなことはしません。もちろん犯罪を行った者に関しては別ですがな」

「二大ギルドか。そういうものはドワーフの国にはなかったが、代わりに鍛冶師ギルドというのはあったな。そこまでの力は持っておらなんだがな」

ギルガスが感心したように呟く。

さすがにドワーフの国には二大ギルドは存在していないらしい。

たぶんエルフの国にもなさそうだけどそれ以外ならどこの国にもあるのではないだろうか。

とにかくこの商業カードを使えば交易の時の金銭の授受は安心だ。

このカードのおかげで重い硬貨を大量に持ち歩くことは避けられるのがありがたい。

「貰ったお金を素材化で素材にして、使うときに必要な分だけクラフトするってのも考えたけど、それって違法だよね？」

「当たり前ですぞ。素材の価値で硬貨の価値が決まるとはいえ、硬貨鋳造というのは勝手に行ってはいけませんからな」

「だよね」

「もしそんなことをすれば商業ギルドから追放されてしまいますぞ」

危ない危ない。

僕は内心「やらなくてよかった」と胸をなで下ろしながらカードをもう一度手に取る。

薄い小さなこのカードが僕たちの命綱だ。

「ちなみにそのカードを使うためにはレスト様の承認が必要になります」

「そんな機能もあるんだ」

「はい。今は失われた古代の魔道具技術らしいですな」

「失われたのに使えるんだ……」

「作り方と使い方は伝わっておるのです。ただ『何故動くのか』という部分だけがわからないというだけで」

それって大丈夫なのか。

一抹の不安を感じる。

「ふむ。それで制魔石取引の支払いはどうすればいいのだ?」

「そうですな。トリストスにある商業ギルドから支払い申請をしてもらって、こちらから送金という形になるでしょう」

「なるほどな。それではトリストスの領主にはそう伝えよう」

トリストスか。

旧カイエル領は今、隣領だったトリストス領の一部となっている。

アリシアの話だと領主のウィル＝トリストスは名君で、吸収された形の元カイエル領住民も以前と変わらない生活を送れているらしい。

「ギルガスさん、お願いがあるのですが」

「なんだ？」

「その交渉に僕も同行させてください」

「かまわんが、何故だ？　ここからでは急いでも片道十日はかかってしまうぞ」

大事なこの時期に合計二十日も島を離れるのは問題だということは僕も理解している。

だけど僕は一度見てみたい。

母が生まれ育ったカイエル領の姿を。

「これから本格的な国造りが始まってしまえば僕はそんな長い間島を離れることはできなくなると思うんです。だからまだ余裕のある今のうちに一度だけでも母のふるさとを見ておきたくて」

「レスト様……」

「なるほどな。たしかに行けるとしたら今しかないかもしれん。しかし島の皆にはちゃんと説明はしておくんだぞ」

「もちろん」

僕はそう応えてキエダのほうを見る。

「それと僕がいない間のことはキエダに任せるつもりだけどいいかな？」

「できれば私も同行したいところですが致し方ありませんな。レスト様がいない間のことはお任せくださいですぞ」

キエダも旧カイエル領を見てみたいのかもしれない。

きっと母からふるさとの話をたくさん聞かされていただろう。

だけど僕と彼が共に島を留守にする訳には行かない。

なので僕は思う。

いつかカイエル公国が安定したら彼に旧カイエル領へ行くための休暇を出してあげよう。

それがいつになるかはわからないけど、いつかきっと。

「それでは明日の買い出しについてですが――」

そうして僕たちは翌日、島に帰る前にやるべき買い出しについて再確認をし、しばらくの雑談のあとそれぞれのベッドで横になる。

港町の夜は早く、宿の外からも人の声は聞こえない。

動物や魔物の鳴き声もしない、島とは違う静寂。

島に着いてしばらくは五月蠅《うるさ》くも感じていたそれが、今は聞こえないと不安になるくらいに自然になっているのだなと僕は思いつつ意識を沈めていった。

そして翌日。

朝早くから街を回って仕入れを終えた僕たちは、港で船に荷物を全て詰め込むとすぐにオミナの街をあとにした。

ドワーフの技術で作られたこの船はかなりの速度が出せるが、それでも島までは二日以上はかかってしまう。

しかしよく考えなくてもそんな距離をカヌーンは飛んできたのだ。

そりゃ魔力切れにもなる。

「見えてきたぞ」

僕たちが島にたどり着いたのはオミナを出て三日目の早朝だった。

朝日が水平線から顔を出すと同時に桟橋へ接舷した僕らは、迎えを頼むために休憩所へ設置してある呼び出し専用の魔道具のボタンを押した。

今頃は領主館に設置した赤く光る連絡用の魔法灯が輝いているはずだ。

「さて、休憩しようか」

「そうだな。だがワシは先に船の点検をすませてくる」

「私も積み荷の最終確認だけしてきますぞ」

慌ただしく休憩所を出て行く二人に、なんだか僕だけがサボっているような気がしてくる。

仕方なく一人残され手持ち無沙汰な僕は、休憩室の内装をクラフトスキルを使って使いやすく作り直すことにした。

「まずはソファーとかを少し豪華にしてっと……素材化からのクラフト！」

作った当時は使えればいい程度の椅子と机だったそれをクラフトスキルで館にあるものと同じものに作り替える。

続けて桟橋で使う道具などを入れてある棚をひと回り大きく立派なものへ変更。

大きくなった分、中の道具も複数追加しておく。

「あとは壁かな」

石壁をくりぬいて作った休憩所の壁は石がそのまま丸出しで無骨な作りになっていた。

これはこれで良い感じではあるのだが、作り替えた家具類とはどうも見た目の相性が悪い。

「とりあえず木の板を全面に貼って……あとは表面に壁紙をクラフトしてっと」

一瞬でただの岩肌だった壁が白い綺麗なものへと置き換わった。

「最後に燭台を壁と机の上にクラフトっと。うん、完璧だ」

少し前までは無骨な家具と岩肌が冷たさを感じさせていた休憩室。

それがなんということでしょう。

あっという間に僕という匠の手腕によって誰もがうらやむほどの豪華な休憩室へ早変わり。

「船は問題なさそうだ」

「積み荷もおかしな虫や動物は紛れ込んでいませんでしたから安心して運び込めますぞ」

僕が満足して部屋を眺めているとキエダたちが帰ってきた。

そして様変わりした室内を見て目を見開く。

「な、なんじゃこりゃあ」

「これはまた」

その反応に僕は満足すると「お疲れ様。迎えもそろそろ来るだろうしゆっくり休んでよ」と苦笑を浮かべる二人に向かって笑いかけたのだった。

＊　＊　＊

「ではワシは貰ってきた制魔石を使って研究を進めるとするか」

拠点に仕入れてきたものを全て運び込んだあと、ギルガスはそれだけ言い残してまた自分の作業場へ籠もってしまった。

どうやら何か思いついたことがあるらしく、それが可能かどうかの実験と試作品を作ると意気込んでいた。

そのうち僕も手伝ってもらいたいことがあると言い残して行ったのだけど、いったい何を作るつもりなのだろうか。

「成功するかどうかわからんからな。まぁ、問題ないとは思うがとりあえず楽しみにしておけ」

その言葉を信じて僕は待つしかないと詳しい話は聞かずに彼を見送ることにした。

それから拠点の皆を集めて言える範囲で今回の成果を報告し、当面の資金の目処がついたことを告げた。

「つまりそのディアールさんという方を通して仕入れもできるということですか？」

「そういうことになるね。今回は間に合わなかったし予定もしてなかったから僕たち自身で仕入れてきたけど、これからは彼に伝書バードで欲しいものを伝えておけば準備しておいてくれるらしいよ」

僕はそう応えながらキエダに目線で確認を取る。

「ですな。商取引に関しては彼奴に任せておけば問題ないですぞ」

「わかりました。それじゃあ次までに欲しいものをまとめておきますわね」

「……欲しい調味料、香辛料、いっぱいある」

「はいはーい！　あたしも新しいお洋服が欲しいですぅ」

「服代は自分の給料で払うのですぞ」

家臣たちが口々に声を上げる。

レッサーエルフやドワーフたちも欲しいものについて話し合い始めた。

「全て希望どおりに手に入るかどうかはわからないってことだけは忘れないようにね」

僕は一応そう釘を刺してから、やけに静かな一角へ目を向ける。

さっきからヴァンがやけに静かなのだ。

「どうしたヴァン。また何か悪いものでも喰ったのか？」

「別にそんなんじゃねぇよ。ただちょっと考えてたんだよ」

「何を？」

普段あまり物事を考えて行動しているようには思えないヴァンだ。

そんな彼がいったい何を考えていたのか興味がある。

「いや、な。どうして取引相手が王国だけなんだろうなってさ。別にガウラウ帝国でも魔族んとこでもかまわねぇだろ？」

「それは……」

僕はその疑問に答えようと口を開きかけた。

だけどそれはヴァンとエストリアにとって負担になる答えかもしれない。

そう思うと言葉が続かなかった。

だけど――

「ヴァン。レスト様は私たちのことを気にかけてくださっているのですよ」

「俺様たちの？」

エストリア自らがその理由を口にしたのである。

「私たちがレスト様にご厄介になっている。そのことを帝国に知られる可能性がある以上、帝国との取引は危険だと心配してくださっているのです」

この島から海路で一番近いのは王国領である。

そして次に近いのがガウラウ帝国だ。

なのでガウラウ帝国と交易するのは理にかなっている。

だけど今この島にはヴァンとエストリアというガウラウ帝国の元皇族がいる。

しかも帝国から出奔して亡命してきているような立場だ。

獣人族のことはよく知らないが、さすがに一国の王子や王女が出奔してそのまま亡命を認めるとは思えない。

それにカイエル公国という国が、ある程度形をなして他国と対等に会話ができる立場を得るまでは話し合いの場すら持たせてくれない可能性が高い。

「そういうことかよ。なら教えてくれりゃいいのによ」

「私たちに心労をかけたくなかったのよ」

エストリアはそう言って僕のほうを見てにっこりと笑った。

彼女がそこまでわかってくれているのならこれ以上誤魔化すのは逆に失礼だろう。

「ごめん、ヴァン」

「あん？　気にすんな。俺様としちゃあ不思議に思ってたことの理由がわかってむしろスッキリした気分だぜ」

「そう言ってもらうと助かるよ」

僕らは苦笑し合うと、これからの交易方針について再度確認してから皆それぞれ今日の仕事へ戻っていった。

「レスト様」

それぞれが食堂兼会議室を出て行く中、一人残ったエストリアが僕に声をかけてくる。

「記録帳かい？」

僕がいない間、彼女は一人で畑の記録を続けてくれていたのだ。

「はい。まだそれほど変化はありませんけど」

「そりゃまぁ数日だからね」

僕はエストリアから受け取った記録帳に目を落としながら答える。

彼女の読みやすい文字からは今のところ作物の成長の差異は感じ取れない。

「このまま全ての作物が順調に育ってくれれば言うことなしなんだけどね」

「そうですね。でもこの島ならそんな素晴らしいことが起こっても不思議とは思いませんわ」

その言葉に僕は僅かに肩を竦めて答えると。

「それでエストリア。他にも何か用があるんじゃないのか？」

そうでなければ全員が出て行った後に声をかけてくるとは思えない。

別にノートのことだけならいつでも渡せたはずだ。

「帰ってきたばかりでお疲れだとは思うのですけど、今日の夜『星見会』をしませんか？」

「また急だね」

「やっぱりまた日を改めたほうがいいですよね……」

エストリアの耳がしょんぼりと項垂れる。

獣人族は感情がすぐに耳や尻尾に表れるからわかりやすい。

「別に僕は構わないよ。なんたって船の上で十分休んだからね」

実際船の操縦や進路等の確認もギルガスとキエダが全てやってくれていた。

というか素人である僕の出番がなかったというのが本当のところなのだが。

「ではいつもの時間でよろしいですか？」

「ああ。それで今夜は何人くらいで星見会をする予定なんだい？　まさか拠点にいる全員ってことはないよね？」

いくら星見の塔の最上階は最近いろいろ手を加えてそれなりに広くなっているとは言っても全員集

まれるほど広くはない。

「……私たちだけです」

「えっ」

「今夜は私とレスト様の二人だけで星見会をしたいって皆には言ってあるんです」

目をそらしながらそう答えたエストリアの頭に僕の視線は引き寄せられる。

なぜなら彼女の耳がしきりに左右に動きながらパタパタと揺れていたからである。

「駄目……でしょうか？」

「いや、駄目なんかじゃないよ」

「よかった」

心底ホッとしたように胸に手を当てるエストリアに僕は微笑みかける。

「最近はずっと皆で星見会をしていたからね。わいわい楽しいのもいいけど、たまには静かに星を見るのも悪くないかなって僕も思ってたんだ」

「そうでしたか。でしたらちょうどよかったのですね」

嬉しそうに耳を動かしながらエストリアも笑う。

しかし何故彼女は突然二人だけで星見会をしようと言い出したのだろうか。

たしかにここのところは二人だけでの星見会はしていない。

だけどそれを不満に思っている様子は今までなかったというのに。

「レスト様はこれからまだ執務室でお仕事があるんですよね？」

「今回仕入れたものの記帳とかいろいろとね。僕は数字とかあまり得意じゃないんだけど他に任せられる人もいないし」

一応キエダやテリーヌもできるが、二人には今別の仕事があって忙しいので僕がやることになっていた。

「でしたら今日も畑の記録は私がやっておきますね」

「助かるよ」

「それが私のお仕事ですから気にしないでください。それじゃあまた夕方に」

そう嬉しそうに耳を揺らすエストリアに、僕は記録帳を手渡し。

「ああ、楽しみにしてる」

と笑顔で応えたのだった。

＊　＊　＊

エストリアと二人きりの星見会は僕の話から始まった。

オミナで出会ったディアールのこと。

母のふるさとである旧カイエル領から移住してきたアリシアとその家族のこと。

ギルガスが「ギルおじさん」と呼ばれていること。

アリシアの経営する食堂で食べた素晴らしい料理のこと。

「ふふっ、レスト様ったら今すぐにでもまたオミナに行きたいって顔をしていますよ」

「そうかもね。あの店の料理はどれもこれも新鮮でおいしかったから。今度行くときはエストリアも一緒にどうだい？」

「本当ですか。ぜひ行ってみたいです。でもあの街には獣人族もかなりいますよね？」

たしかにオミナでは獣人族も結構見かける。

そのほとんどはガウラウ帝国からやって来た商人たちだ。

彼らは王国での商売を終えたあとに南下し、西大陸南端の半島を回って大陸南西の農業国であるデレシア公国に向かう。

その海路の途中にあるオミナは補給地としても休憩地としても使われるのだ。

といってもオミナより北側に一日ほど戻れば、もっと大きな港町があるので大抵の商人はそちらを利用するのだが。

「変装とかすればバレないいんじゃないか？」

「他の種族ならそれで誤魔化せると思いますけど、獣人族の場合は匂いでわかってしまうので、私たちを探してる人がいたらすぐにバレてしまうでしょうね」

エストリアは少し寂しそうに「帝国とのことが片づくまでは、残念ですけどお預けですね」と笑った。

「帝国……か。僕にもう少し力があればすぐにでも話をつけに行ってあげられたんだけど」

そう呟きながら空を見上げる。

最近はめっきり魔素の霧が出ることも少なくなった澄んだ空に星が輝いて見える。

「今はまだ手が届かないけど、いつかきっと」

右手を挙げ星に手を伸ばし、そしてそれを摑み取るようにぐっと握り込む。

強く。

強く。

「はい。信じて待っています」

握りしめたその拳をエストリアの両手が優しく包み込む。

季節が秋へ向かい、少しばかり肌寒くなってきた塔の上でその温かさはとても心地よく。

その熱に引き寄せられるように僕は空いているほうの手で彼女の手を更に上に被せるように握る。

そして彼女の瞳を見つめながら僕は告げた。

「そんなに長く待たせるつもりはないよ」

「はい」

小さく頷くエストリアの瞳の中。

そこに映った僕の瞳が段々と大きくなって。

そのまま僕たち二人の夜はゆっくりと更けていったのだった。

【第五章】
聖獣様を助けに行こう！

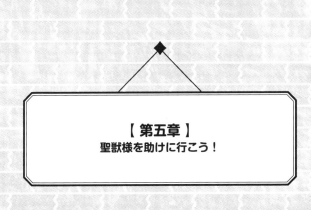

「レスト様！　いらっしゃいますかレスト様ぁ！」

僕がオミナから帰ってきて五日ほど経った頃。

館に突然ウデラウ村からの使者が飛び込んで来た。

「いったい何事ですかな？」

僕よりも先に玄関に出ていたキエダが若い使者に問いかける。

その後ろからやって来たテリーヌが差し出した水を使者は一気に飲み干してから「聖獣様が急ぎレスト様に相談したいことがあるとのことで伝令としてやって来ました」と答えた。

「聖獣様が？」

ここしばらくウデラウ村に行くことがなかったせいで、村の守護神である聖獣様ことユリコーンとも会っていない。

テリーヌの薬のおかげで悩みがなくなった聖獣様は、その後は森の奥に隠れることもなく村の近くで日々楽しく暮らしていたはずだが、いったい何の用なのだろう。

「はい。島のことで話したいことがあるとのことで」

「詳しい内容は聞いてないのかい？」

「いえ、まったく」

「そうか。じゃあ準備して急いでウデラウ村に行くよ。といっても今日すぐってわけにもいかないけど」

僕はそう応えテリーヌを呼び寄せる。

「疲れただろうし君はこの館で過ごしてくれ。テリーヌ、何か食べ物でも用意してあげて」

「はい、わかりました」

テリーヌに先導されて使者の若者が食堂へ向かったのを見届けてから、僕は早速出かける準備を始めた。

留守の間のことはキエダに任せて今回ウデラウ村へはコリトコとファルシ、そしてエストリアと向かうことに決めた。

コリトコは拠点でのレッサーエルフたちについてウデラウ村の村長たちへの報告と里帰りも兼ねてで、エストリアはクロアシで僕を乗せて村まで駆けてもらう騎手としてである。

聖獣様は急がなくていいと言っていたらしいのだが、いちいち呼び出しの使者まで送って来たくらいだ。

なるべく急いだほうがいいだろう。

なので馬車ではなく一番速度が出るコーカ鳥とファルシという移動手段を選択した。

これで普通ならウデラウ村まで数日かかる距離が一日半もかからずたどり着ける。

そんな計画を立てて、いよいよ昼には出発するという日の朝だった。

「レスト様、少しいいか？」

オミナから帰ってきてからずっと作業場に籠もって食事の時しか顔を出さなかったギルガスが、手に何やら布で包んだ棒状のものを持ってやって来た。

「いいですよ。出発は昼ご飯を食べてからですから、まだ余裕はあるので」

「そうか。実はこれなんだが」

ギルガスは手に持ったそれを巻いていた布を取り去って僕に見せる。

一見すると金属製の棒にしか見えないが、先端に何やら黒い宝石のようなものが取りつけられている。

「これはいったい何ですか？」

「この杖は『クラフト増幅機能《ブースター》』とでもいうものでな。お主のクラフトスキルの力を補助できる杖だ」

「補助ですか」

「そうだ。先端に黒魔晶石がついておるだろ？」

どうやら杖の先についている宝石は黒魔晶石を加工したものだったようだ。

「黒魔晶石の力を杖の中に仕込んだ制魔石で制御して魔力に変換することで、お主がスキルを使うときに魔力の肩代わりをしてくれるという仕組みでな」

「僕の魔力を使わなくてもクラフトスキルが使えるってことですか？」

「起動には魔力が必要だがな。しかしこの杖でできることはそれだけではない」

ギルガスはそう言いながら杖の握りの部分をくるりと回して僕のほうへ向ける。

「この機能はまだ試作段階で十分なテストはできてないのだがな。スキルを使うときにここにあるボタンを押しながら使うと使用者本来の力を黒魔晶石の力で増幅《ブースト》させることができるのだ。見ておれ」

ギルガスが誰もいない広場の端に杖を向ける。

「土よ！」

ポコッ。

その言葉とともに地面から縦横二メルほどの土壁が突然生える。

ギルガスの土を操るスキルだ。

「次にこの増幅機能《ブースター》を使うと――土よ！」

ボゴッ。

先ほどよりも大きな音を立てて、今度は縦横四メル以上ある土壁が現れた。

「二回ともワシは同じ程度の力しか使っておらん。だが見てのとおり効果は倍増しておるだろ？」

「すごいですね。これがあれば今まで何回にも分けてクラフトしなきゃならなかったものでも、その半分以下の回数でできるってことですよね」

「そういうことだ。そして更にこの増幅《ブースト》ボタンを二度続けて押せば――」

キュイイーン。

突然に杖の先端の黒魔晶石が輝き出し、辺りに異様な気配が流れ出す。

「っと、危ない危ない。この機能はまだ不安定すぎて使うのは危険だな」

「今のはいったい？」

ギルガスが慌てて杖のボタンをもう一度押すと、異様な気配が消え黒魔晶石の光も消えた。

「今のは黒魔晶石の力を一気に引き出して使用者の力を十倍以上に増幅《ブースト》させるものでな。ワシは超増《ハイパー》幅機能《ブースト》と呼んでおるのだが」

杖をコンコンと叩きながらギルガスは苦笑いを浮かべる。

「だがどうもまだ制御が不安定でな。この超増幅機能《ハイパーブースト》は調整が済むまでは決して使ってはならんぞ。

最悪暴走してとんでもないことになるかもしれんからな」

「そんなに危ないなら、その機能は外しておいてくださいよ」

「そう言うな。思いついたら全て詰め込みたいと思うのが技術者の性ってもんでな。とりあえず普通のブーストと魔力補助は今の状態でも完成しておるからとりあえず持っていけ」

そう言ってギルガスは僕に杖を握った手を突き出す。

どうやら受け取れということらしい。

「貰っていいの？」

「あの聖獣から呼び出されたのだろう？　もしかすると必要になるかもしれんからな。ただし――」

「超増幅機能《ハイパーブースト》は使用禁止と」

「そういうことだ」

手にすると見かけとは違ってかなり軽い。

重そうな金属部分はミスリルでできているらしく、握りしめると魔力の流れをゆったりと感じた。

「帰ってきたらその杖の最終調整に付き合ってもらうからな」

「いいですよ。この杖が完成したらすごく便利そうですし。ありがとうございます」

僕はギルガスにお礼を言うとその杖を腰の帯に刺してみた。

握りの部分が少し凸凹しているおかげで引っかかりがよく、意外としっくりくる。

「気をつけてな」

「はい。ギルガスさんも無茶しないでくださいね」

「はんっ、余計なお世話だ」

ギルガスはそれだけ言うとさっさと鍛冶場に併設された作業場へ戻っていく。

僕はその背中に軽くお辞儀をすると、旅の準備を再開した。

昼過ぎに拠点を出て空中回廊をひた走り、途中数か所に作ってある休憩所で休みつつ聖なる泉へたどり着いたのは翌日。

そこから赤崖石で鮮やかな赤に染められた橋を渡り村へ続く一本道を進む。

途中で幾人かの村人と出会ったので挨拶がてら聖獣様の居場所を尋ねた。

「聖獣様ですか？　今日は村にはいませんでしたね」

「どこにいるかわかるかい？」

「さぁ……ここのところ聖獣様は忙しいのか数日間姿を見せないなんてことも多いんですよ」

おかしい。

あの聖獣様が何日も村人の前に姿を見せないなんてことがあり得るのだろうか。

「ありがとう。村で誰か聖獣様の居場所を知ってないか聞いてみるよ」

僕は一抹の不安を胸に抱きつつウデラウ村の門を潜った。

「ようこそレスト様。お久しぶりでございます」

「いらっしゃいレスト様、コリトコ、姫様」

「ワーイ、コリトコ兄ちゃんだー」

「ファルシー、これ食べる？」

伝令を出したくらいだ。

たぶん僕が近いうちに来ることは知られていたのだろう。

思った以上の村人の歓迎っぷりに僕は驚きながらも嬉しさがこみ上げてくる。

「久しぶり。最近忙しくてこっちまで来られなくてすまない」

エストリアの手を借りてクロアシの背中から降りた僕は、集まってきた村民たちにそう告げると
「早速だけど、聖獣様がどこにいるか知らないか?」と聖獣様の居場所を尋ねてみた。

「聖獣様かい? そういや最近見かけないねぇ」

「あそんでーって言ったら『今は忙しくてな。またあとで遊んでやる』って言ってどっかいっちゃった」

「知らないですね」

だが帰ってくる返事は皆同じ。

これは聖獣様が姿を現すまで待つしかないかと思ったときだった。

「あの……聖獣様なら昨日の夕方ごろに竜の首のほうへ向かわれるのを見ました」

果物の入った籠を抱えた女性が、聖獣様を見たと言う。

「竜の首?」

「はい。村の東のほうにある大きな渓谷のことを私たちは『竜の首』と呼んでるんですけど、そちらへ向かう聖獣様を見たんです」

ウデラウ村から東には、この島を東西に分かつ山脈が存在している。

たしか聖獣様が『あの山の向こうから時々来る凶悪な魔物から村を守っている』と言っていた覚え

がある。

その山脈の一部に山向こうと繋がるほどの大きな渓谷があるらしい。

「その渓谷を通って魔物がこっちへ来るのかな？」

「かもしれませんけど、昔からあそこには近づいちゃ行けない決まりなので」

もしかすると聖獣様はそこで村に来る魔物を押しとどめているのだろうか？

僕は急に心配になって竜の首のあるという山へ目を向けた。

拠点ではずいぶんと薄くなっている魔素の靄が、いつもどおりここではまだ山を包んでいる。

だけど何だろう。

前に見たときと何か違う気がする。

僕はいったい何が違うのかと考え、そして答えにたどり着いた。

「ちょっと聞きたいことがあるんだけど」

「はい？」

「あの山脈の頂上って前からあんなにはっきり見えてた？」

僕の記憶がたしかなら、ウデラウから見た山脈の頂上付近はもっとうっすらぼやけていたはずだ。

なのに今は山の上に積もる万年雪すらはっきりと見える。

「えっ……そう言われて見ればそうですね。全然気がつきませんでした」

「今までも頂上が綺麗に見えるようなことはあったのかな？」

「私の知る限りではなかったと思います……でも意識して見たことがなかったのではっきりとは

「……」

たしかに日常の風景の変化なんてなかなか気がつかないものかもしれない。

「ありがとう、参考になったよ」

最近は拠点でも空が曇ることは滅多になくなっていた。

それは季節の変わり目だからだろうと勝手に考えていたけど。

もしかしたら聖獣様が僕に相談したいことと関係があるのかもしれない。

「レスト様？　難しいお顔をしてますけど何かありました？」

コリトコとファルシをトアリウトの元まで送り届けて帰ってきたエストリアが、僕の顔を覗き込んで心配そうに眉を寄せる。

どうやら僕は知らぬ間にそんな表情をしていたらしい。

「ああ、そうだね。ちょっと心配なことがあってさ」

「私でよければ相談に乗りますけど」

「とりあえず聖獣様から話を聞いてみないと相談しようがないことなんだ」

僕はそう答えてから頼み事を口にする。

「エストリア。着いて早々悪いけど『竜の首』まで僕を連れてってくれないか？」

「竜の首ってどこですか？」

「あの山脈の間にある渓谷なんだけど」

僕は村の東を指し示してそう答える。

「ちょっと遠いかもしれないけど、クロアシなら半日もかからないと思うんだ」

「そこに聖獣様がいらっしゃるんでしょうか？」

「どうかな。とりあえず今のところ情報はそれしかないからね。行ってみるしかないよ」

いつものようにエストリアにクロアシの背中へ引き上げられながら、僕は竜の首があると思われる方向に目を向ける。

しかし森と丘の陰となっていて渓谷らしきものはここからは見えない。

「それでは全速力で向かいますからしっかり捕まっていてくださいね」

「ん？　いや、別に全速力じゃなくても――」

「クロアシちゃん、貴方の本気を見せて」

『クケーッ』

エストリアの声にクロアシが翼を広げ大きくひと声鳴く。

僕は慌ててエストリアの細い腰に両手を回すと、力一杯抱きしめた。

もし彼女が獣人でなかったら、苦しいと叫んでいたかもしれないほどの強さでだ。

だけど彼女はまったく平気な顔で手綱を軽く引く。

「出発！」

そして彼女の言葉と同時にクロアシが一気に加速した。

僕は回した腕の力を更に強め必死に振り落とされないように足にも力を入れる。

ものすごい速度で後方へ流れていく景色と、風圧。

怖くて前を見ることはできないが、きっととんでもないことになっているに違いない。

やがて村人が普段利用しているであろう道が終わり、森の中へ突っ込む。

しかしクロアシの速度は一向に緩む気配はない。

さすが森の中を走ることにかけては右に出る者のいないコーカ鳥だ。

鼻先を木の枝がかすめる度に悲鳴を上げそうになる。

だけどエストリアの前で……いや、後ろでそんなみっともないことはできない。

といってももう手遅れな気もするが、そこは譲れない一線というところだ。

やがて森を抜け整備もされてない山道に入る。

ゴツゴツとした岩が転がり、その間を川が流れているような場所だ。

ふと顔を上げて正面に目を向けると、左右に高く切り立った崖に挟まれた渓谷の入り口らしきものが見えてきた。

「あそこが竜の首でしょうか」

「だろうね！」

風圧に負けないように叫ぶ。

しかしあそこに本当に聖獣様はいるのだろうか。

「このまま渓谷の中へいきますか？」

「あまり奥まで行くと魔物がいるかもしれないぞ」

「その時はクロアシちゃんが教えてくれますよ」

「そっか、それならある程度奥まで行ってみよう」

それで聖獣様の痕跡がなければ戻って元の住処にでも探しに行こう。

「クロアシちゃん。魔物がいたら教えてね」

『コココッ』

心なしか速度を落とし、慎重に辺りを警戒しながら進み出すクロアシの背中で僕は聖獣様の痕跡を探した。

しかし基本的に渓谷の地面は水が流れているところを除けば石が転がっているだけだ。

これでは足跡もわからない。

『クケッ』

「えっ？」

「どうした？」

「クロアシちゃんがあっちに何かいるって言ってます」

エストリアが渓谷の奥を睨むように見ながら応える。

もしかして魔物か？

「あれは!?　クロアシちゃん、急いで!!」

『クケケーッ』

エストリアと同じように渓谷の奥を目を細めて見ていると、突然彼女が叫んでクロアシを走らせ始めた。

慌てて僕はエストリアの服を掴んでかろうじて落鳥を免れた。

「あ、危なっ」

「ごめんなさいっ。でもあそこに聖獣様が倒れて――」

「なんだって⁉」

エストリアの視力は僕よりも遙かにいい。

だから僕が見えなかったそれを見つけることができたのだ。

「聖獣様っ‼」

クロアシが全速で駆けてくれたおかげで僕にもその姿が見えた。

どうやら岩の上に倒れているようだ。

見間違いでなければその体中に無数の傷を負っているように見える。

「レスト様！」

「ああ」

倒れている聖獣様の近くまでたどり着くとすぐに鞍の上でエストリアに抱きかかえられる。

そしてそのまま彼女はクロアシの背を蹴って飛び降りると、僕を聖獣様の元まで運んでくれた。

『おお……レストか……どうしてここにおるのだ……』

「聖獣様が呼んだんじゃないですかっ！」

『そう……だったか。しかしお主が来てくれて助かったぞ』

聖獣様は首を地面から苦しそうに持ち上げながら話し続ける。

『急いで村に……帰って……村人全員をお主の拠点……で守ってくれぬか？』

「いったい何があったんですか！」

『我のこと……は気にするな。それより時間……がないのだ』

「そんなことを言われても理由がわからないと村の人たちを連れて行くことなんて――」

そこまで口にした時だった。

突然渓谷の奥から激しい破砕音が響いてきた。

「くっ」

「いったい何が起こったというの！」

渓谷は途中から大きく右側に曲がっている。

そのせいで僕たちがいる場所からその音の原因は見えない。

だけど、その方向からもうもうとした土煙とともに激しい雄叫びと地を揺らすほどの足音がいくつも渓谷を溢れさすほど響いてきたおかげでだいたい何が起こったのか察することができた。

これは間違いない。

あの先から山脈の向こうにいるという魔獣たちが大量にこちらに向けて押し寄せてきたのだ。

『足止めが……破壊されたかっ……もういいっ！　とにかくお前たちだけでも逃げてくれっ』

「そんな訳にはいきませんよ！　エストリア！　聖獣様をクロアシに乗せて――」

「レスト様！　それはさすがに無理ですっ。いくらクロアシでも聖獣様と私たち二人を乗せては動けませんっ！」

「でも……だったらどうすれば」

ドドドドド。

数百メルほど先から土煙が噴き上がる。

もうすぐそこまで魔物の群れが迫ってきている。

「仕方ない。僕がクラフトスキルでできる限りの壁を作る！　だからその間にエストリアは――」

「嫌です!!　レスト様を置いて私だけ逃げるなんて絶対に嫌ですっ!!」

今まで見たことがないほどの強い意志の籠もった瞳に大粒の涙を浮かべ、エストリアが叫ぶ。

だけど現状僕の力では僅かな時間稼ぎしかできない。

僕のクラフトスキルはいろいろなものを作れる。

コーカ島のような魔物ですら壊せない檻も造ることができる。

だけど今目の前に迫ってきているのはそれよりも遙かに巨大で遙かに強力な魔物たちだ。

島の東は西に比べ途方もなく濃い魔素が渦巻いているという。

その魔素を糧に育った魔物たちは先頭を走ってきているものだけでも僕が今まで見た魔物の数倍、いや十倍以上もの大きさだった。

『無駄だレスト。お主がいくら……全力で壁を作ろうとも、あの魔物どもは力だけでなく魔法も強力なものを持って……いる。石の壁なぞ足止めにもならんっ』

「でも僕にはそれしか」

『だから逃げろと言っておるのだっ！　がはっ』

口から血を吐き出し叫ぶ聖獣様の顔からはドンドンと血の気が失せていく。

「危ないっ！」

ゴウッ。

激しい熱波とともに僕の頭上を巨大な火球が通りすぎ、遠く後方で渓谷の側面に大きな穴をうがつ。

あんなのが当たったら一瞬で僕らは蒸発してしまうだろう。

そして僕が作れるような壁も。

「もう……逃げるのも間に合わないか……」

僕は迫り来る魔物の群れを前に立ち尽くす。

いまさら全ての力を使って防壁をクラフトしたところで、先ほどの火球を見たあとでは何の意味もないことを悟ってしまった。

「ごめんエストリア……巻き込んでしまって」

「いいのです。私が好きでついてきたのですから。それに」

背後からエストリアの両手が優しく僕を包み込む。

「私は最後まで貴方と一緒にいたいと思ってますから」

「エストリア……」

からん。

抱きつかれた体を捻り、エストリアを抱きしめ返そうと挙げかけた手が何かに触れ、それが地面に落ちる。

「これは……そうだ、僕にはまだこれがあった」

「それって、拠点を出る前にギルガスさんに貰った杖ですか？」

「ああ、こうなったら一か八かあの機能を使ってみるよ」

僕は優しくエストリアの肩を両手で押して体を離すと地面に落ちた杖を拾い上げた。

クラフト増幅機能《ブースター》。

ギルガスが黒魔晶石と制魔石、そしてミスリルを使って作り上げたその杖を強く握りしめる。

「エストリア。危険だから聖獣様を連れて離れてくれないか？」

「嫌です」

エストリアは僕を強く見つめ返してきっぱりと拒否を口にした。

その瞳に浮かぶ決意の色を見て僕は思わず苦笑してしまう。

「即答だね」

「言いましたでしょう？　私は最後まで貴方と一緒にいると」

「そうだった。それじゃここで僕を見守っていてくれ。君はきっと僕にとって幸運の女神だから」

そう言って僕は向かい来る魔物の群れに向き直る。

頭上をいくつかの魔法が飛んでいくがわざと外しているのか狙いが定まらないのか直撃することはなかった。

『お主……いったい何をするつもりだ』

「今からドワーフ族の中で最高の職人が作ったこのクラフト増幅機能《ブースター》で、ありったけの力を込めて壁を作ります」

『壁だと？　そんなものは何の役にも立たないと――』

「わかってます。ただの石の壁じゃあの魔法は防げない。だったらその魔法も受け止められる壁を作るまで!!」

僕は数歩前に歩み出るとクラフト増幅機能《ブースター》を大きく天に掲げた。

そして一度――二度、ギルガスに禁止されたその機能を使うためボタンを押した。

「ぐっ」

拠点でギルガスが試して見せたときにも感じたが、それよりも強い何かが杖を中心にして渦巻くのを感じる。

『なっ……なんだこのとんでもない魔素はっ』

そうか、これが魔素なのか。

本来であれば魔素濃度のかなり濃い場所ですら人はそれを感じることはできない。

なのに人である僕ですら感じられる魔素とはいったいどれほど濃さなのだろうか。

こぶし大の黒魔晶石に込められた魔素の恐るべき量に僕の額に汗が浮かぶ。

本当にこのままクラフト増幅機能《ブースター》を使ってもいいのだろうか。

そんな心配が一瞬心をよぎる。

だが今、この危機を乗り越えられるとすればこれしか方法はない。

だから使う。

大丈夫だ。

ギルガスが。

僕が知る限り世界最高の技術を持つドワーフが作り上げた杖を僕は信じる。

「レスト様っ！」

「エストリア。帰ったらまた星見の塔で星見会をしような」

そして僕には幸運の女神がついている。

失敗する訳がない。

「大丈夫。魔法攻撃を無効化する方法はクレイジア学園で学んだじゃないか。ただそれが現実的じゃなかっただけで……でも僕なら……クラフトスキルなら可能のはずっ」

僕は自分に強く語りかけるようにそう呟く。

そして頭の中で作り上げるものに必要な全てを組み上げて。

魔素が渦巻く杖を思いっきり振り下ろし叫んだ。

「クラフト超増幅機能《ハイパーブースト》っ！！！！」

スキルを発動させたと同時に、一瞬視界が暗転するほどの力が握りしめた腕から杖に向かって流れ込む。

そして大量の何かが僕の中から失われていくのがわかった。

「ぐううっ」

「レスト様！」

『レスト！』

杖の先に渦巻く魔素の奔流が僕の中から吸い出した大量の何かを巻き込むように膨れ上がる。

「いっけえええええええええええええっ‼」

僕はその力の固まりに自分の意志を乗せ叫ぶ。

同時、その叫びに呼応するように膨れ上がった魔素の奔流が杖の先から一気に解き放たれた。

「うわっ」

「きゃあっ」

『ぐぬぅ』

杖から放出された力のあまりの衝撃に僕は後ろに弾き飛ばされ、エストリアに抱き止められながら共に地面を転がった。

その次の瞬間だった。

耳をつんざく激しい音と振動が転がって倒れ伏す僕らの上に更に襲いかかってきたのである。

それは僕がクラフトしたものに魔物の大群が衝突した音だった。

「あっ」

僕は思わず閉じてしまっていた目をゆっくりと開ける。

そして目の前の光景を見て僕は自分が賭けに勝ったことを知った。

「すごいです……」

『なんじゃこれは』

エストリアと聖獣様が見上げるその先には、遙か天高く不思議な色に輝く巨大な壁がそびえ立っていたのである。

その高さは軽く二百メル以上はあるだろうか。

星見の塔よりも更に高い、この島で一番の建造物が一瞬で深い渓谷を塞いでしまったのだ。

「……成功……したんだ」

僕は自分の中から大量の魔力と溜め込んでいた資材のほとんどが失われたことを感じながら、ふらりと体が傾ぐのを感じた。

しかしそれを防ぐ力は既になく。

「レスト様っ」

ふわりとエストリアが倒れかけた僕を抱きかかえてくれた。

助かった。

「ははっ、やったよエストリア」

「はいっ、やりましたねレスト様」

そのまま膝枕をされた僕は、涙を浮かべて見下ろすエストリアに笑いかける。

そしてゆっくりと手を伸ばしその柔らかな頬を撫でた。

『まったく無茶をしよる』

声とともに僕ら二人の上に影が落ちた。

見上げると聖獣様が陽の光を背にして僕らを見下ろしている。

「聖獣様……？　傷は？」

不思議なことに先ほどまで今にも死にそうだったはずの聖獣様の体から傷が全て消え去り、神々しい聖獣ユリコーンの姿を取り戻していた。

もしかして怪我をしたふりでもしていたのだろうか。

だとしたらとてもではないが笑って許せる気はしない。

『お主がさっき放った力の余波を受けて全て治ってしまったわ』

「えっ」

『あれほどの魔素を間近で浴びれば大抵の魔物の体は治る。当たり前のことじゃろう？』

「えええええっ。そんなの知りませんよ！」

僕は思わずエストリアの膝から頭を上げようとする。

だけど。

「レスト様はしばらく休んでいてください」

エストリアに無理矢理頭を押さえつけられてはどうしようもできず。

僕は大人しく彼女の柔らかく温かな太ももに頭を乗せたままにするしかなくなってしまった。

『しかしあの壁はいったい何じゃ？　魔物どもの魔法すら防ぐとは、ただの岩壁ではないだろう？

それに変な色に光っておるしな』

「えっとですね……あれは石材にミスリルを混ぜ込んで作った壁なんですよ。まぁ、慌てて作ったせいで今回は他にもいろいろと混じってしまったんであんな色になってますけど」

『ミスリルとな？　しかしそれでは魔法の威力は更に強まってしまうのではないのか？』

「たしかにミスリルはその魔力伝導率の高さでいろいろな魔道具に使われてますけど、ミスリル自体には魔力を伝導するという性質しかないんですよ」

『言われて見ればたしかにな』

「なのでミスリルによって伝達された魔力はそのままでは何の意味もなくて、そのままだと自然に放出されてしまうんです。つまりあの壁に当たった魔物の魔法は魔力として変換されるだけで何にも使われないまま空気中や地面に放出される仕組みになってて」

　僕は七色に輝く壁を見上げながら話を続ける。

「魔力を動力か光か熱か何かに変換する媒体に繋げないとミスリルを使う意味はないんです」

『ということはあの壁が光っているのは……』

「どうやら素材として持っていた光石が混じっちゃったみたいで、魔物の魔法が壁に当たる度にああやって光る変な壁になってしまったみたいです」

　壁の仕組みは簡単だ。

　ミスリルを含んだ壁に魔物の魔法が衝突すると、魔法を形作っていた魔力が伝導率の高いミスリルによって純粋な魔力へ戻されてしまう。

　そしてその魔力はこれまた壁の中に混じっている光石を光らせ、余剰魔力はそのまま空気中か地面へ放出されて消えるという仕組みだ。

「実はミスリルを盾に使って魔法攻撃を無効化することが可能だってことはよく知られてるんです。

だけどミスリルって本来ならかなり稀少鉱物じゃないですか。しかも柔らかすぎて魔法は防げても物理攻撃には一切無力なんです」

『たしかに鎧や盾の一部にミスリルをはめ込んでいる冒険者は見たことはあるが、全身をミスリルで覆った者は見たことがないな』

「だから実戦ではなかなか使いにくいから実用化はされてなかったんですが」

僕は一旦言葉を止め、息を整えてから話を続ける。

「でもね、学生時代に図書室で読んだ本に書いてあったんですよ。物理攻撃に強い鋼に少量のミスリルを一緒に融解させて混ぜ込んだ合金を作れば実用的な武器屋防具が作れるんじゃないかって」

しかし超高温でしか融解しないミスリルと鋼の融解温度はかなりかけ離れている。

ミスリルが融解する温度まで熱を上げれば強度を保持した鋼は作れない。

なのでこのふたつを混ぜ合わせた合金は作成不可能だと本の著者は結論づけていた。

「だけど僕ならできるんですよ。ミスリルと硬度がある物質、そのふたつの物質を混ぜ込んだものをクラフトスキルで作り出すことが」

『つまりあの壁はそういうことだったのか。なるほどのう』

今もまだ時折壁に何かがぶつかる音と、ちかちか輝く光石の輝きが見える。

だけどそれも徐々に収まってきているようだ。

「今度は僕から質問していいですか？」

『言わなくてもわかっておる。我がお主を呼び出した理由と、何故こんなところで倒れておったのか……じゃろ?』

「聞かせてくれますよね?」

『無論じゃ』

聖獣様は頷くと僕を呼び出した理由から語り始めた。

『お主も薄々気がついておるかもしれんが、最近この島の中に溜まっていた魔素が急速に薄れて来ていてな』

たしかにこの島に来た当初はあれだけ島を覆っていた魔素の靄が最近はかなり薄くなっていた。

既に元から魔素濃度の低かった西側の拠点付近では濃度低下のせいで星見の塔に上らずとも綺麗な夜空が見えるようになっているほどである。

『いったい何が起こっているのか我は気になって西へ調査に向かうことにしたのだが。その前にお主には我の居ぬ間のことを頼もうと思っておった』

「でも僕が着く前に聖獣様は西へ向かったのですね?」

『うむ。突然西の魔物どもが今までに見たことがないほど混乱して暴れ出してな。このままでは渓谷を通って村までやってくる可能性が出て来たのだ』

そしてとりあえずの応急処置として聖獣様は渓谷の左右の崖を崩すことで村への通り道を塞ごうとしたらしい。

僕たちがここへたどり着いた直後に激しい破砕音とともに崩されたのがそれだ。

『結局僅かばかりの足止めにしかならんかったが。しかしその時はあれほどの大群が押し寄せてくるとは思っておらなんだのだから仕方があるまい』

ひと通り崖を崩して渓谷を埋め、それで一安心と聖獣様が油断した時だった。

魔物たちが突然ある方向へ向かって走り始めたのだという。

『我はその動きが気になってな。もしかすると昨今の異変の原因がそこにあるのではと魔物たちの流れに紛れ込んだのだ』

やがて魔物の流れはある一点を中心として、その周りをぐるぐる回り始めた。

魔物たちはその中心に寄りたいけど寄れない。

そんな動きに見えたのだという。

『我はそんな魔物たちの流れから抜け出し、その中心に何があるのか確認することにした。もちろん危険を感じたときはすぐさま逃げるつもりでだ』

「中心には何があったんですか？」

僕の質問に聖獣様は何故か馬首を自分の背に回し。

『これじゃ』

背中で何かを咥えると、それを僕の目の前にぶら下げて見せた。

聖獣様の口からぶら下げられているのは、何やらコロコロとした丸っこい胴体からコウモリの羽が生えた首の長いトカゲのような生き物で。

「まぁ！　かわいい！」

それを見た途端、エストリアが今まで聞いたことがないような声を上げる。

「えっ……かわいい？」

「かわいくないですか？　あのちっちゃな羽とか、まんまるのお目々とか尻尾とか」

『抱いてみるか？』

「いいんですか？」

『ほれ。受け止めよ』

聖獣様が雑に咥えていたその生き物を首を振ってエストリアに向かって投げた。

『ピキュウー』

「わあっ」

変な鳴き声を上げ、くるくると宙を舞った生き物をエストリアは満面の笑みで抱き止める。

そしてぎゅっと抱きしめると頭を撫で始めた。

僕はその光景を横目に聖獣様に問いかける。

「あれって何です？」

『……エンシェントドラゴンじゃ』

「え……エンシェントドラゴンん⁉」

いやいやいや。

僕が知っている伝説の竜の王はこんなちんちくりんなトカゲもどきでは断じてない。

遙か遠くからでも雄大に空を飛ぶ姿が見えたという巨大でどんな魔物すら寄せつけない威厳を持った魔物の中の魔物。

世界最強の魔物……いや、全ての生物の頂点のはずだ。

それがエストリアに喉元を指でくすぐられて喜んでいるあの生き物と同一だとはとても思えない。

『正確にはその転生体といったところじゃな。といってもワシが最初に此奴のところへたどり着いた時はまだ卵じゃったが』

大量の魔物たちが近寄るでもなく離れるでもなく輪になって回っていたその中心にあったのは卵だったという。

どうやら魔物たちはその卵に警戒して近づこうとしてなかったらしい。

『それが此奴が生まれた途端に奴ら、突然襲いかかって来たのじゃ。どうやらワシには効いておらなんだがエンシェントドラゴンの卵には魔物が近寄れない結界のようなものが張られていたらしいのだが、此奴が生まれた途端にそれが消えたようでな』

慌てて聖獣様はこのドラゴンの赤子を咥えて襲いかかってきた魔物の群れから逃げることを選択したらしい。

『エンシェントドラゴンは死ぬと同時に自らの転生体を生み出し、そしてまた成長し死ぬ。そうやってヤツは悠久の時を刻んできたと我は聞いておる』

エンシェントドラゴンは死ぬ間際に自分の転生体である卵をひとつ産み落とすのだという。

そしてその卵は死んだ己の肉体が残した魔素を糧にして新たな体を造り出す。

エンシェントドラゴンはそうやって永遠とも言える悠久の時を生き続けているのだと。

『どうやら生まれ変わる時には力も記憶もほとんど失われるようだがな。それでも本来であれば生まれ変わる前の体から膨大な魔力を受け継げていたはずなのだが』

そうだ。

エンシェントドラゴンがこの島を終の棲家とし、亡くなってかなりの年月が経っているはずだ。

なのに転生体である子ドラゴンが生まれたのはついさっきだという。

本来ならそれは以前の体が滅びてすぐに起こるはずなのだ。

だけど何があったのかはわからないが今回に限っては転生体の卵が残された魔素を吸収して生まれ変わる前に、その魔素を吸収できない状況に封じ込められてしまったのだろうと聖獣様は言う。

『突然の天変地異か何かで地中深く埋まってしまったのかもしれない。それを東の魔物が掘り起こしてしまった』

「だから今になって急に島の魔素を吸収し始めたってことですか」

『うむ。あまりに急激に魔素を奪ったせいでこの島に溜まっていた魔素が急激に減少してしまった。そしてそれは膨大な魔素のせいで生まれ育ってきた東の魔物たちにとって死を意味する。だから奴らはこの子を殺せばまた魔素が戻ると思ったのじゃろう』

聖獣様はそのことに気がつき、魔物たちより早く行動を起こした。

しかし結局この渓谷に入る手前で魔物たちの先兵に捕まってしまった。

それでもなんとか逃げ出せたものの負った傷は深く、渓谷の中程までたどり着いたところで倒れてしまった。

「見捨てる訳には行かなかったんですか？」

『我が聞いた話で、それが真実かどうかは確かめようがないのだが。エンシェントドラゴンの悠久が終わるとき、世界もまた終わる……そういう言い伝えがあってな』

「世界が終わる？」

『エンシェントドラゴンという存在はこの世界に必要不可欠な要素なのだそうだ。どういう意味かはわからぬがな』

僕は聖獣様の話を聞いてもう一度エンシェントドラゴンの転生体に目を向ける。

エストリアの腕の中で甘えるように鳴き声を上げる生まれ変わったばかりの子ドラゴンが死んでしまったら、この世界が終わると言われても信じられる訳がない。

だけどあの大量の魔物たちがこの子ドラゴンを襲おうとしたのは事実だ。

だとすれば島の魔素が減少した原因は間違いなくこの子ドラゴンにあるのだろう。

『とりあえずじゃ。此奴が生まれたことで島の魔素減少はこれ以上進むことはないじゃろう。そうなればあの馬鹿どもも落ち着くはずじゃ』

壁を見つめる聖獣様のその言葉に、僕はぜひそうであってほしいと願いながら頷く。

これからこの島の開拓をして国を作る上で、あの魔物たちは驚異だ。

だけど落ち着きを取り戻してこのまま山脈の向こうからこちらに来ないのならば共存共栄の道もあるだろう。

「それじゃあ一旦村に帰りますか」

『そうじゃの。我も帰って村人たちに癒やされたいと思っておった』

「エストリア。クロアシを呼んでくれないか？」

僕は子ドラゴンと戯れているエストリアにそう声をかけると足下にいつの間にか落としていた銀色に鈍く輝く杖を拾い上げた。

クラフト増幅機能《ブースター》。

この杖がなければ僕もエストリアも、そして聖獣様と子ドラゴンも今頃はこの世にいなかっただろう。

「壊れちゃったかな」

先端にあったはずの黒魔晶石は既になく、杖も所々ヒビのようなものが走っていた。

しかしむしろあれだけの威力を発揮して形を留めているだけでも驚きなのかもしれない。

「帰ったらギルガスさんに謝らないと」

これ以上壊れないように慎重に「ありがとうな」と呟きながら、僕は腰にその杖を差し込む。

そしてもう一度だけ僕が造り出したとは信じられない巨大な壁を見上げた。

「これと同じものをもう一回作れって言われても絶対断るな」

僕は溜息をひとつ吐き出すと踵《きびす》を返し、クロアシの背で待っていてくれているエストリアの元へ向かう。

その彼女の腕の中にしっかりと抱かれた子ドラゴンは、はしゃぎ疲れたのかいつの間にか眠っているようだった。

「寝たのか」

「生まれてすぐいろいろなことがあって疲れていたんでしょうね」

「こいつのせいで死ぬところだったよ」

僕はそう言いながら眠っているエンシェントドラゴンの顔を突く。

その感触は思っていたものと違いやけに柔らかく、エストリアがどうしてあれほど嬉しそうに撫でていたのかやっとわかった。

「じゃあ僕らも帰ろうか」

「はい」

何事もなかったようにのんきに眠る子ドラゴンの姿に苦笑しつつ、僕は差し伸べられたエストリアの手を強く握り返す。

その手のひらから伝わってくる温かさをこれからも守り続けよう。

僕は改めて心に誓うと、僅かばかり情けなさを感じながらエストリアの腰にいつものようにしっかりとしがみついたのだった。

【エピローグ】

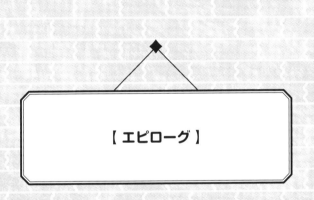

私がエルフの里を旅立ったのはいつだっただろうか。

数人の仲間とともに世界各国を回り、レッサーエルフたちの身柄の引き渡しと情報提供を求める日々は心をすり減らす日々だった。

何せ交渉相手は我々エルフ族から見れば取るに足らない下等種族ばかりで。

そんな者どもとの会話は苦痛でしかなく。

いくら歓待を受けようとも、私の心は一切満たされることはなかった。

「やっと森へ帰れるのか」

そんな日々ももうすぐ終わる。

私の帰還願いを長老たちが認めてくれたからだ。

「アルモニアはどうしてそんなに帰りたいんだい？」

そう声をかけてきたのは、私の任務を引き継ぐためにエルフの里からやって来たヘルファスだ。

彼は私より五十歳ほど年上だが里ではかなり若手である。

そもそも里ではここ数百年ほど子どもは生まれていないわけだが。

「それは私がエルフだからだよヘルファス。それに」

私は数十年に及ぶ旅で出会った他種族の代表たちのことを思い出しながら続ける。

「私たちを恐れるくせに利用しようとする下等な奴らとこれ以上関わりたくなくてね」

「下等……ね」

ヘルファスは苦笑のような笑みを浮かべる。

「違うとでも言うのか？」

「そうだね。たしかに君から見れば彼らは醜く劣った種族かもしれない」

私は大きく頷いて肯定する。

しかし彼の話はそれで終わらなかった。

「でもこのままだと数百年後、この世界に残るのはきっと僕らじゃなく彼らだ。種として正しいのはいったいどちらなんだろうね？」

その言葉に私は思わず顔を歪める。

「君は裏切り者たちと同じ考え方なのか？」

ヘルファスは昔からエルフの里では少し浮いた存在だった。

エルフの血を残すためには外界の種族と交わってエルフ自身が変化していかなければならない。

そう主張し、エルフの森を出奔した裏切り者たち。

そんな彼らを擁護するような態度を時々見せていたからだ。

「前にも同じ質問をされたことがあるけど答えは変わらない。僕は彼らとは違う」

ヘルファスはそう言いながら背後に振りかえる。

そこには彼が東大陸から乗ってきた船が停まっていて、その向こうには水平線が広がっていた。

「ただアルモニア。君たちや長老たちのように全てを諦めたわけじゃない。その点において僕は裏切り者と言われた彼らと同じかもしれないね」

背中からはヘルファスの顔は見えない。

だけど私は彼が今どんな表情でそれを語っているのかはわかっている。

それはエルフの里で幾度も見てきたからだ。

「私たちだって諦めたわけじゃないよ。いつかきっと――」

「古の伝承のように神が助けてくれる……それを信じて待つと言うのだろう？」

「そうだ」

私は何の逡巡もなく応える。

我らは神に選ばれた高貴な種族だ。

そんな我らを神がお見捨てになるわけがない。

なのに裏切り者たちはそれを忘れて神を裏切りエルフとしての誇りを捨て、ただ欲望のままに種の保存というお題目を掲げて森を出た。

「さっき僕は裏切り者たちと僕は違うと言ったけれど、エルフという種族を守りたいという気持ちは一緒だった。そして彼らの手段もあながち間違いではないのではないかと思っていた時もあった」

「というと今は違うんだな」

「ああ。森を出た裏切り者たちは結局森に残った者たちと同じく滅びからは逃れられなかったことを知ったからね」

裏切り者であるレッサーエルフたちを追い、世界各地で情報を集めた私たちが知った事実。

それは種の存続のために他種族と交わった彼らが、エルフとしての力を徐々に失っているということとだった。

彼らはそう遠くない未来にエルフとしての力を全て失うだろう。

つまりそれは滅びと何も変わらない。

「だから僕は神のことを調べるべきだと思ったんだ」

「神――エンシェントドラゴン様をか？」

その時やっと私は気がついた。

ベルファスはただ単に水平線を見ていたわけではなく。

その先にある巨大な島に思いを馳せていたのだと。

「まさか、お前っ」

私はベルファスの思惑を知って思わず彼の肩を摑んで振り向かせた。

「聖地に手を出すつもりかっ」

我らがエルフ族の神であるエンシェントドラゴン。

その神がお眠りになったと言われている巨大な島を我らは聖地と呼んでいた。

「ああ。我らを救う鍵はあそこにしかないと僕は思っている」

「馬鹿な。かつて聖地に巡礼に向かった者たちがどうなったのか知らないわけではあるまい」

神の眠りしその地に、かつて一部のエルフが巡礼と称して旅立ったことがあった。

しかし彼らは聖地に上陸することすら叶わなかった。

「知っているさ。幾人ものエルフたちが聖地にたどり着く前に倒れ、そのまま帰らぬ人となったことも。それ以来、彼の地には一切近づいてはならないという掟ができたことも」

いつしか眠りから覚め、我らを救いに来てくださる神。

しかしその眠りの地にエルフ族は近づくことすらできない。

「そんなことはしなくていい！　お前は素直に裏切り者たちを捜す旅を引き継げ」

「アルモニアは今回どうして僕が君の引き継ぎ役に選ばれたのだと思う？」

両肩を摑んでベルファスの無謀を止めようとしている私に、彼は予想外の問いを投げかけた。

「おかしいとは思わなかったかい？　僕のような危険思想の持ち主じゃないかと疑われている者を裏切り者探索に向かわせるなんて」

たしかにそうだ。

私の代わりに裏切り者どもの探索を任せるのであれば長老たちの思想と近い者が送られてこなければおかしい。

なのに実際、私の代わりとして送られてきたのは常日頃からエルフの森では異質な考えを口にしていたベルファスで。

「長老たちは賭けに出たんだよ」

「どういう意味だ？」

「裏切り者たちの試みが失敗に終わり、森に残ったエルフ族も滅びの運命は代わらず」

ベルファスはもう一度後ろを振り返り。

「眠った神はいつまで経っても目覚めない。ならば選択肢はふたつ。ひとつはこのまま神という存在を待ち望みながら滅びるか――」

そう言って右手を水平線に向けて伸ばし。

「最後まで滅びに抗い、そのために禁忌を犯すかだ」

強く決意を込めた言葉とともに、何かを掴むように手を握る。

「ベルファス……」

彼が掴み取ろうとしているのはエルフ族の未来なのだろうか。

「長老たちは何も言わなかったけれどね」

ベルファスは振り返って私に向かって昔からの変わらない子どものような笑顔を見せた。

その顔に不安の色は一切なく。

だからこそ私は不安になってしまい、気がつけば自分でも思いも寄らなかった言葉を口にしていた。

「私も一緒に行こう」

「なんだって？」

ベルファスが何を言われたのかわからないといった顔で聞いてくる。

「私もお前と一緒に聖地へ行くと言ったんだ。聞こえなかったのか？」

「禁忌を犯すことになるよ？」

彼はエルフの里の中で一番私のことを理解している。

だからこそ驚いたのだろう。

かつての私なら絶対に禁忌には手を出さなかったはずだ。

エルフとして高貴に生き、そして死ぬ。

滅亡すらも美しいと受け入れる。

それに抗おうとした裏切り者たちはなんて愚かなのだと。

エルフという高貴な存在を穢すだけの奴らはこの手で滅ぼさねばならないとすら思っていた。

だけど。

「かまわないさ。それでエルフが滅亡から救われるのなら」

裏切り者を追い続け世界中を回る内にいつの間にか私の心には別の気持ちが生まれていたらしい。

それは生きようとする者たちの足掻きを散々に見せつけられてきたからだろうか。

「保証はないよ?」

「でも自信があるのだろ?」

私が森に帰りたかったのは、変わっていく自分の心に恐れていたからかもしれない。

だけどベルファスに会って彼の話を聞いたときに、それまで必死に押さえ込んでいた自分の気持ちの変化に気づいてしまった。

「ベルファスがああいう目をして話をするときは自信があるときだからな」

だから私は自分の心に素直に行動しようと思ったのだ。

「自信は……あるよ」

ベルファスの瞳に強い意志が浮かぶ。

ああそうだ。

彼がそんな目をする度に、私はいつもそれに惹かれてしまうんだ。

「だったら私はお前のその自信に懸けるよ。だから連れてってくれ」

私はじっと彼の瞳を睨むように見ながらそう言った。

沈黙はそう長くは続かなかった。

「わかったよ」

緊張に耐えられなかったのか、大きく息を吐いてベルファスは折れた。

「でもこれだけは約束してくれ。もし聖地に近づいて少しでも体に異変を感じたらきちんと僕に教えること」

「ああ」

「そして僕がこれ以上は無理だと判断したら君を森へ返す。その指示には従ってほしい」

「私だけかい？」

「もちろん僕も限界だと感じたら一緒に帰るよ」

ならば安心だ。

ベルファス一人で聖地に向かわせるなんて絶対にさせやしない。

「了解だ。お前の指示に従おう」

「本当かな？　君って意外と頑固だからな。その時になって『私は帰りたくない』って駄々をこねそうだ」

ベルファスがおちゃらけたように言う。

「私はもうそんな子どもじゃない」

「その言葉を信じるよ」

ベルファスはそう笑って私の肩を軽く叩く。

「出発は三日後の朝でいいかい？」

「そうだな。準備もしなきゃならないし、それに」

「他に何かあるのかい？」

何だろうと首を傾げるベルファスに私は応える。

「お前には私が森を出てから今までどんな経験をしてきたか話しておきたくてな」

「アルモニアの話は長いからなぁ。でも今日は久々だし聞いてあげるよ」

「なら善は急げだ」

私はベルファスの手を取り街の繁華街へ行くために海に背を向ける。

海に沈む夕日を背に、長く伸びるふたつの影。

その先にあるのは絶望か希望か。

どちらにせよ私たちは前に進むと決めたのだ。

もう引き返すことはできない。

たとえその結果エルフが救われる未来はないとしても。

今はただ足掻き続けよう。

私が長い旅路で出会ってきた、たくさんの生きることを諦めない種族たちのように。

そしてエルフの未来を切り開くために裏切り者のそしりを受けながら森を旅立った彼らのように。

〈了〉

あとがき

追放領主の孤島開拓記3巻お買い上げありがとうございます。

2巻から長らくお待たせいたしましたが、なんとか3巻をお届けできてホッとしております。

しかもコミックス1巻と同時発売ですよ！

というわけで3巻を買っていただいた皆様、ぜひコミックス1巻もよろしくお願いいたします。


さて、話は変わりますが2巻のあとがきで書いたことをずっと気にしてくださっている方もいらっしゃるでしょう。

ですのでそのことについて発表させていただきます。

(ドラムロール)

祝！　フォークリフトの免許、無事取得！

(ここで拍手)

といってもいまだに使うような仕事には就いてないので持っているだけなんですけどね。

いやぁ、この発表のために3巻を書き上げたといっても過言ではないかもしれません。

という冗談はさておき、そろそろ本編のお話をば。

あとがきから先に読むという方も一定数はいるらしいので過度なネタバレは避けますが、3巻のテーマは『開拓とヒロインとアクション』です。

まず開拓。

こちらは孤島開拓記というタイトルなのに、クラフトはしているものの開拓という部分に関して進んでいないのが気になっていました。

なので拠点を街にするためにキャラが揃った今、本格的に開拓させようと考えたわけです。

ドワーフやレッサーエルフたちの知恵と力を借りることでいろいろできるはずなので、アイデアをまとめていきました。

次にヒロイン。

こちらはメインヒロインのエストリアをヒロインとしてきっちり押し出したいとずっと思っていました。

なんせこの手の作品としては異例なことに、メインヒロインが2巻からしか登場しないという、ある意味禁則事項なことをこの作品はしていたからです。

なのでこの3巻ではエストリアはレストにとって特別な存在となるような展開とシーンを描きました。

というわけでこのふたりの行く末も注目ですね。

最後にアクション。

孤島開拓記は基本的にスローライフというか、アクション的なものが少ないお話です。

ですがやはり物語としてもシーンの見栄え的にもアクション的な動きのあるエピソードが欲しいなと。

そこで今回はコーカ鳥たちはじめ、動のエピソードがいくつかあります。

そして最後の最後には、物語の締めに相応しいド派手なシーンを用意しております。

楽しんでいただけましたら巻末の『感想・ファンレター』の宛先へ手紙を……というのはハードルが高いと思いますので、Twitterや各種通販サイトのレビューでも構いませんので感想をいただけますと嬉しいです。

定期的に『孤島開拓記』でエゴサもしております。


さて、最後になりましたが謝辞を。

3巻発売のために尽力していただいた担当編集様。

一二三書房様。本当にありがとうございました。

かれい先生。

いつも素晴らしいイラストを描いてくださってありがとうございます。

唯一無二の絵柄で、それが本当に好きだったので受けていただいたときには大喜びしてしまいました。

カズミヤアキラ先生。

毎回毎回、ネームが届く度にあまりの面白さにニヤニヤしながら読んでしまいます。

今回、コミックス1巻と書籍3巻が同時発売ということでお忙しかったと思いますが、ありがとうございました。

最後に本書をご購入くださった皆様。

本当に、本当にありがとうございます。

皆様のおかげで3巻を出すことができました。

これからも4巻、5巻と続けていきたいと思っておりますので、引き続き応援よろしくお願いいたします。

それではまた次巻でお会いできることを祈って。

長尾隆生

転生貴族の異世界冒険録
～カインのやりすぎギルド日記～
原作：夜州
漫画：香本セトラ
キャラクター原案：藻
レベル1の最強賢者
原作：木塚麻弥
漫画：かん奈
キャラクター原案：水季
我輩は猫魔導師である
原作：猫神信仰研究会
漫画：三國大和
キャラクター原案：ハム

捨てられ騎士の逆転記！
原作：和田 真尚
漫画：絢瀬あとり
キャラクター原案：オウカ
身体を奪われたわたしと、
魔導師のパパ
原作：池中織奈
漫画：みやのより
キャラクター原案：まろ
バートレット英雄譚
原作：上谷岩清
漫画：三國大和
キャラクター原案：桧野ひなこ
CP コミックポルカ
COMICPOLCA
話題のコミカライズ作品を続々掲載中！
毎週金曜更新
公式サイト
https://www.123hon.com/polca/
Twitter
https://twitter.com/comic_polca
コミックポルカ
検索

唯一無二の最強テイマー
～国の全てのギルドで門前払いされたから、
他国に行ってスローライフします～
原作：赤金武蔵　漫画：田村紘一
キャラクター原案：LLLthika
異世界還りのおっさんは
終末世界で無双する
原作：羽々音色　漫画：ダンタガワ
処刑された聖女は
死霊となって舞い戻る
原作：緒二葉　漫画：蚊
キャラクター原案：みなせなぎ

雷帝と呼ばれた最強冒険者、
魔術学院に入学して
一切の遠慮なく無双する
原作：五月蒼　漫画：こばしがわ
キャラクター原案：マニャ子
モブ高生の俺でも
冒険者になれば
リア充になれますか？
原作：百均　漫画：さぎやまれん
キャラクター原案：hai
魔物を狩るなと言われた
最強ハンター、
料理ギルドに転職する
原作：延野正行　漫画：奥村浅葱
キャラクター原案：だぶ竜
COMIC
NOVA
ノヴァ
話題の作品
続々連載開始!!
https://www.123hon.com/nova/

追放領主の孤島開拓記3
〜秘密のギフト【クラフトスキル】で世界一幸せな領地を目指します！〜

発　行
2023年 7月14日　初版発行

著　者
長尾 隆生

発行人
山崎　篤

発行・発売
株式会社一二三書房
〒101-0003　東京都千代田区一ツ橋2-4-3 光文恒産ビル
03-3265-1881

デザイン
AFTERGLOW

印　刷
中央精版印刷株式会社

作品の感想、ファンレターをお待ちしております。
〒101-0003　東京都千代田区一ツ橋2-4-3 光文恒産ビル
株式会社一二三書房
長尾 隆生 先生／かれい 先生

Printed in Japan, ISBN 978-4-89199-848-6 C0093
※本書は小説投稿サイト「小説家になろう」（https://syosetu.com/）に掲載された作品を加筆修正し書籍化したものです。